山东省作家协会"文学精品打造工程"扶持作品
山东省沂蒙文化研究会弘扬"沂蒙精神"重点推荐作品

当代作家精品·报告文学卷　主编　凌翔

乐群记

魏然森　著

北京燕山出版社

图书在版编目（ＣＩＰ）数据

乐群记 / 魏然森著 . — 北京 : 北京燕山出版社，
2022.3
ISBN 978-7-5402-6335-5

Ⅰ . ①乐… Ⅱ . ①魏… Ⅲ . ①纪实文学—中国—当代
Ⅳ . ① I25

中国版本图书馆 CIP 数据核字（2021）第 273314 号

乐群记

责任编辑：杨春光
装帧设计：陈　姝
出版发行：北京燕山出版社有限公司
社　　址：北京市丰台区东铁匠营苇子坑 138 号嘉城商务中心 C 座
邮　　编：100079
电话传真：86-10-65240430（总编室）
印　　刷：北京军迪印刷有限责任公司
开　　本：710×1000　　1/16
字　　数：180 千字
印　　张：14
版　　次：2022 年 3 月第 1 版
印　　次：2022 年 3 月第 1 次印刷
ISBN 978-7-5402-6335-5
定　　价：55.00 元

谨以本书

献给平凡而伟大的唐乐群先生

以及和唐先生一样忘我无私、清澈

高洁、大爱无疆的人

目 录

清廉、博爱的唐乐群先生

引子

在你活着的时候，我与你从未谋面。大多青少年时光都在东北度过的我，甚至不知道沂蒙山区还有一个大名鼎鼎的唐乐群。即便那一年时任沂水县文化局局长的韩世海先生送我一本《唐乐群杂文集》，我随手一翻放到书架上，也没有真正注意到你在这个世界上的曾经灿烂，或说依然灿烂。当我了解了你，崇拜了你，遗憾着没有见到过你的时候，你已经离开这个世界八年之久。所以，当2016年的早春时节，我与好友徐兆利等人从沂水奔赴寿光付家茅坨村时，见到的只是你在蓝天下沉默而庄重的坟茔。我们为你深深地三鞠躬，告诉你："敬爱的唐老，我们来看你了。"抬眼间一只白鹭从不远处飞过，洒下一串清丽的鸣叫在日光里像桃花一样盛开。"那是你对我们的亲切回应吧！"我不由得这样想。一丝感动骤然而至，眼睛不由得湿润起来。

坦率地说，唐老，最初知道你的故事时，我被你感动了，却并未产生太深的崇敬之情。时任沂水县档案局局长的徐兆利先生邀我为你拍一部纪录片，他说，他与你也不曾有过近距离接触，但你的高尚品格感动了他，再加上你的学生王守珉有这样的强烈愿望，多次找他商讨此事，所以他想为你策划一部纪录片，让你的精神感动更多人也影响更多人，给当下这个很多人只重物质获取而轻品德修养的社会注入一股清流。更为党中央提出的"不忘初心、牢记使命"主题教育活动，提供一个活生生的样板。但是，当他讲了你的一些故事后，我却觉得你是一个特例，你的所作所为是当下人难以置信的，也是很难在当下社会得到推崇的。为什么你官居高位却过着一贫如洗的日子？为什么你把大半工资用来扶危济困，却让自己的妻子儿女缺衣少食？为什么你帮助那么多困难孩子读完了小学、中学，甚至是大学，却让自己的四个孩子，一个只读了小学，两个成了文盲？这让今天的人们怎么理解呢？

一位德高望重，善良豁达，一生都不断地帮助别人，也饱学多识的部队老首长曾经对我说："在生命的道路上，我们必须做一个俭朴的人，这是我们中华民族的优良传统。但是只要条件允许，一定不要生活得过于寒酸。因为生命只有一次，我们得尊重生命，也要对得起生命。我们也必须要做一个心地善良、品格高尚的人，在条件允许的情况下，尽力帮助那些需要帮助的人，这也是我们中华民族的优良传统。但首先我们要让自己的家人衣食无忧；首先得把自己最亲的人照顾好。特别是我们的孩子，别让他们在成长的道路上留下不必要的缺憾。总归一句话，我们需要也应该做一个于国家、于民族、于社会和他人有益的人，但是我们必须得先做一个好儿子、好丈夫、好父亲。否则，我们就是失职，就是自私，也丢失了人的自然天良。"

我对此深以为然。因为这位老首长是这么说的，也是这么做的。他个人在事业上极其成功，为我国的军事学术做出了很大贡献，离休前是解放军某部文职副军级领导干部。他的五个女儿也被他培养得非常优秀——三个博士，两个研究生，都在各自的领域有很高的建树。他的母亲和岳母一直跟随他生活，他和妻子把两位老人照顾得非常好，在他所生活的城市，夫妻俩是孝老敬亲的楷模。而他和妻子的一生，也是乐善好施的一生，助人为乐的一生，受惠于他们的人不计其数。我在生活最为艰难、前途极其迷茫的时候，就曾得到过他们的无私帮助与关爱。因此，几十年来，我与他们情同血亲，往来无间。

大概因为有这位老首长作为参照，所以初步了解你的时候，我并不十分理解和崇敬你。

然而，我却不能推却兆利局长的委托，他是一个儒雅稳健的人，一个正直善良的人，也是一个深受中国传统文化浸染，悲悯情怀颇重的人。我在与他多年的交往中始终对他充满了敬意，也愿意与他共同完成一些对社会有益的事情。所以，我们曾经合作拍摄了多部以红色文化为主题的纪录片。也因如此，不管内心对你有何不同理解，我还是接下了为你拍摄纪录片的委托。

让我意想不到的是，随着不断深入地采访和对大量资料的查阅，包括阅读了王守琨先生主编的《唐乐群杂文集》中那些回忆你的文章，我发现我在慢慢地读懂你，也被你改变着。我慢慢地觉得你所做的一切是一个大时代的宏伟塑造，是一种美好人性的集中迸发，是一次生命旅程的完美提升，更是中国共产党党性原则和中国优秀传统文化相结合的一个圣贤缩影。虽然我也是共产党员，虽然我也从小接受中国优秀传统文化的沐浴，虽然我也一直要求自己一定要像我那位老首长那样，在干好事业、照顾好家人的前提下，多做善良高德之事，但是你的大格局与高境界，却不是我能具有的。你的人生高度和宽度，也不是我所能够达到的。说来说去，我只是一个普通生命，一个凡夫俗子。而大多数人，也都和我一样。但是，普通生命的田野也需要你的品格来润泽与影响；凡夫俗子的心境也需要用你的精神去改造和提升。当下及未来社会更需要有你这样的人做榜样。

于是，我坚定了为你做纪录片的信心，也坚定了在有限的条件内，一定把这部纪录片做好的信念。

2016 年夏末，我与徐兆利先生、张立东先生去嘉峪关参加国际纪录片论坛。当火车驶进沙漠，几片罕见的绿洲呈现于眼前时，我想到了你。当听到广播里传来优美的钢琴曲《爱的赞颂》时，我想到了你。当拿起甘甜清冽的纯净水准备滋润干渴的喉咙时，我想到了你。于是，一部纪录片的名字从脑海中跳跃了出来，这便是《清曜四韵》。四个概括你人生故事与主题的分集标题也跳跃了出来，这便是"清风""清惠""清苦""清情"。在列车的飞驰中，我满怀激动把构想告诉了兆利局长，他拍案叫绝，当即用桌几上的矿泉水与我热烈碰杯，以示庆贺。并就这部片子的具体构想，从车窗外的阳光明媚一直聊到车厢内的灯火辉煌。甚至在熟睡之后，多少个精彩片断伴随你深情的二胡曲《唱支山歌给党听》还在梦中飞旋。

此时，我尚不知道你有二胡演奏的才能，但在梦里我却真真切切地看到了你用二胡演奏《唱支山歌给党听》的情景，也真真切切地听到了那深情优美的旋律。后来经过采访得知你会演奏二胡，而且水平还很高，我感到十分的惊诧，不知道梦中所见所听是不是冥冥中某种安排。

然而回到沂水，纪录片的脚本却因一时找不到下笔之处而迟迟未能动手，倒是一首主题歌的歌词在我开车去临沂开会的路上，不经意间飞扬了起来：

　　　　你的清白，你的奉献。
　　　　你的善良，你的信念。
　　　　你的一生朴实平凡，

你的精神动地感天。

阳光普照，大地才会温暖。

春雨润物，百花才有笑颜。

做人就要像你那样，

乐为好人，厚德在先。

行善良留清白丹心一片，

人世间花才好月才更圆。

　　我不懂谱曲，但却有一种深沉优美的旋律伴随着歌词的产生而在脑海里翻腾，我轻轻开口一唱，泪水便瞬间遮蔽了我的视线……

　　此时我已知道，我不仅要真诚地走进你的故事，给你拍一部能够呈现你一生的纪录片，还要跨越时空与你进行心灵对话，为你写一本书，一本更能抒发我内心情感和思想的书，以此向你献上我的崇高敬意，也慰藉那些崇敬你的人。

第一章

清风

清霁民心浊养奸，清浊异派不同源。

月升高天为佳境，共唤清风满世间。

——农民诗人徐元祥

1

　　我在 2016 年初冬的一天深夜，打开电脑沉思良久，在冥想着你演奏的二胡曲《听松》中，开始撰写四集纪录片《清曜四韵》脚本。这时，我的目光随着《听松》的深沉旋律，越过 58 个春夏秋冬回到 1958年，开始寻找你的故事起点，并与你的灵魂进行对接。

　　1958 年是中华人民共和国成立后的第九个年头。

　　但在中国共产党的领导下，经过了将近十年的建设，曾经苦难深重、伤痕累累的中国，曾经虚弱无力、满目疮痍的中国，已经进入到一个人心凝聚、朝气蓬勃的发展阶段：第一台黑白电视机诞生了；第一台拖拉机诞生了；第一辆"红旗"轿车诞生了；第一架小型数字计算机诞生了；第一包方便面诞生了；还有人民英雄纪念碑落成了；中央电视台向全世界开播了。所以，从城市到乡村，从山区到平原，从内陆到沿海，每个中国人的脸上都洋溢着幸福和激情。特别是青年知识分子，对未来充满了美好的梦想与希冀。怀着这份梦想与希冀，他们响应国家号召，或奔赴边疆，或回到家乡，或前往革命老区，都想为老、少、边区的建设出力，都想让生命的价值得到更为崇高的升华。

　　7 月，阳光炽热如火，走到哪里都会热浪扑面。

　　刚从益都师范学校毕业的你，背着别了一把旧二胡的简单行李，提着一只拉锁已经坏掉的旅行包和一只漆痕斑驳的军用水壶，从宋代著名女词人李清照曾长期居住的青州出发，踏上了去往沂蒙山的支教之路。

这一天，离你24周岁的生日还有两个月零九天。

你的脚步踏在一条早在夏商时期就已形成的南北古道上，坚定、自信、从容，又有那么几分激动和兴奋。我似乎清晰地看到，你满面的汗水如同瓢泼，满身的衣服如同雨浇，那条搭在肩头上的白色毛巾也在不断地擦拭汗水中变作了土黄色。

那时，交通是不如现在方便的，但是每天也有一班长途客车往来于沂水与益都之间。可当卷着尘土的客车欢快地跑来，有位热心的短发姑娘从窗内探头向你喊着"哎，这位同志，你怎么不坐车呀？"时，你不知道她是谁，你只是本能地回答，我不坐，不坐！然后任由客车飞一样远去，任由飞扬的尘土与你的汗水汇集在一起，而你一步不停地走着，走着，要用双脚丈量完一百多公里的路程，给青春的坚韧寻找一个佐证。

2

1934年9月15日，你出生于山东省寿光县台头镇付家茅坨村。

这是一个极其贫苦的农民家庭。你的父亲唐效清兄弟三人，个个老实忠厚，勤劳朴实，但因目不识丁，家徒四壁，只有你父亲在三十九岁时，才从附近的张家庄村娶了你母亲那个体弱多病的女人。

你的出生，给不惑之年才得此一子的父亲带来了无限的幸福与希望，他怀着敬畏与虔诚提着二斤挂面找村里的私塾先生给你取名。私塾先生矜持片刻，提起毛笔到砚台里蘸蘸墨，在一张巴掌大的桑皮纸上写下了"乐群"二字。然后给你父亲解释，此二字取自《礼记·学记》："一年视离经辨志，三年视敬业乐群"。意即与人群快乐相处，把友善带给大众。

你父亲当然听不懂私塾先生的解释，只是在懵懂中一个劲地笑着给私塾先生点头称谢。但是，一生因为没有文化而吃了很多苦头的你父亲，却知道这肯定是一个极富文化内涵的好名字，所以非常满意地拿着那片宣纸回了家，自此便盼望你长大后出人头地，光宗耀祖。于是，尽管此后几年相继发生了你母亲离世、你姐姐夭折，你父亲自己身患重病的重大变故，但他丝毫没有动摇让你上学读书的决心，并让你从小学一直读到了中专。

20世纪50年代，一个农村孩子读书能够读到中专，在老百姓眼里就相当于后来读到大学本科。也是共产党消灭了压迫和剥削，让穷苦百姓当家作主的原因，你父亲在村里感觉腰杆比以前硬朗了许多，内心充满了自豪，甚至有几分按捺不住的骄傲。一生没有离开过脚下这片黑土地的他，每每走在街上，脚步便多了几分轻飘飘的感觉。从前因为你们家在村里没有靠山和势力，经常受到恃强凌弱者的欺压，在你出生前的头一年，你们家的土地曾被改建房屋的近邻强占了一尺多宽，而你父亲兄弟三人，却怕关系搞僵更难在村里生存，而不敢讨回公道。甚至是见了欺压者还要小心翼翼，满脸赔笑，生怕暴露了内心的愤恨惹人家再给亏吃。而现在，这种心理再也不复存在。他总是昂首挺胸，神采飞扬，与谁说话都铿锵有力，声如洪钟，真正找到了做人的尊严与底气。

但他以一个老农民的朴素理想，盼望你毕业后回寿光老家工作。因为他已年迈体衰，需要你的陪伴与照顾。同时，老家已有你的老婆孩子。假如能够回去工作，上可对他这个父亲尽人子之孝，下可对妻子儿女尽人夫、人父之责。更重要的是，你如果能在老家付家茅坨村经常出现，他在众位乡亲面前，特别是在那些曾经欺压过你们家的人面前，更有几分畅快与优越感，这是多么美好的事情啊！

然而，还没等毕业证书发下来，你就主动报名，自愿到沂蒙山区做一名支教老师。而且没和父亲商量，也没和妻子商量，一切都是自己做主，义无反顾。

父亲知道后，倒也宽厚地笑了，对你妻子夏同香说，他的事他自己做主就对了，咱又不懂。再说，他是公家人了，在哪儿工作都是为国家出力，为毛主席出力。在哪儿工作咱们脸上都有光。

第二年的夏天，年近七十岁的唐效清独自从寿光到沂蒙山区来看望你。那既是因为想念儿子，也是想看看你工作的环境到底什么样子。你当年的学生秦锡欣碰巧见过老人，他说你父亲是个大高个，人很瘦，满头蓬乱的白发，满面的朴实忠厚。没人知道他是坐车来的，还是徒步走来的，只知道他来到你所在的学校时，已是下午一点多，你从食堂给他打了饭让他吃，他却急切地在学校的院子里四处观看，然后吃上已经凉透的地瓜面窝头和一碗青菜汤，心满意足地顶着酷热的太阳踏上了返乡的路程。

这是老人第一次来沂蒙山，也是最后一次来沂蒙山。

1962 年，老人病逝。走之前他渴望见你最后一面，父子俩好作最后诀别。可是等你收到家中电报匆忙赶回付家茅坨村时，老人只剩下最后一丝气息。他努力睁大了眼睛看着你，想说什么却再也说不出来，只是在你拉住他的手哽咽着叫了一声爹时，眼角滑下一串浑浊的老泪，然后，极其不舍地慢慢闭上眼睛，慢慢松开了你的手。

此时，或许你的内心有几分愧疚泛起，觉得对不起含辛茹苦独自把你养育成人的父亲，但是你却不会后悔自己对理想信念的选择。父亲也不愿意你后悔自己对理想信念的选择。

3

你来到了刚刚成立的沂蒙山区沂水县第五中学，也叫高桥五中。

此时，你对因沂河穿境而得名的沂水县或许已有了解。她地处沂山之阳，蒙山之阴，与你的家乡寿光相距 150 公里。公元前 690 年，雄居寿光 356 年之久，也曾显赫一时的纪国被强大的齐国吞并，时任国君纪哀侯姜叔姬不愿像他弟弟姜叔季那样献地投降成为齐国附庸，率领千余追随者来到沂水西大崮，也就是现在的纪王崮，建立了被后世称作"天上王城"的新纪国，与另一小国根牟国成南北相望之势。871 年后的公元 181 年，根牟国与新纪国早已无影无踪，此时的东汉帝国也摇摇欲坠。但是一个新生儿的第一声啼哭在根牟国的遗址上跃向苍穹，从此，中国军事史上又多了一颗智慧之星：他就是在后来的"三国"舞台上成为重要角色之一的诸葛亮。而时光运行到公元 1927年，推翻北洋军阀建立亚洲第一个民主共和国不过十几年的中华民国纷乱不已，看上去弱小不堪的中国共产党却正不断壮大。由王敬斋、邵德孚、鞠百实、张希周等热血青年组建成立的沂蒙山区第一个中共支部——沂水支部，在沂水城老鞠家的当铺内悄然诞生。此后不久，沂水县第一个中共农村支部——埠前村中心党支部也宣告成立，并发展中共党员二百多人。十余年后，中共中央山东分局、八路军山东纵队、中共第一份省委机关报《大众日报》、山东省第一面中共党旗，在短短的几个月内相继在沂水的王庄村诞生。由此，红色星火在抗日救亡的号角中烧遍八百里沂蒙，并铸成了后来的沂蒙精神。

而你更会知道，寿光这个同样有着深厚红色文化基因的地方，其实与沂水有着许多密切的联系。

马保三，中华人民共和国成立后曾担任山东省政协副主席。他是寿光县牛头镇人，早在1924年就加入了中国共产党，曾在寿光组织人民武装抗日，发动了声震渤海平原的牛头镇起义，树起了国民革命军第八路军鲁东游击队第八支队的大旗。抗日战争最激烈的时期，他率部来到沂蒙山区，活动于沂水及周边地区。曾在青驼寺召开的山东各界人民代表大会上，被推举为山东省临时参议会副议长。1942年11月2日，他参加了著名的对崮山反扫荡战役，突出重围后，与身受重伤的中共山东省委书记黎玉隐藏于沂水北部的埠前村，得到了村民杨慧大爷的掩护与救助。中华人民共和国成立后，马保三曾任青岛市市长、中共山东省委委员、中共山东省委统战部部长等职。但是不管官位多高，他与沂水人民的血肉联系始终没变。他留在蒙山沂水间的那一个个脚印，永远闪烁着灿烂的光芒。

侯英俊，寿光县台头镇北洋头村人。他1939年9月加入抗日队伍。1944年参加发生在沂水的葛庄战役，在与日军的白刃战中，他一人刺死敌兵6人。被山东军区授予"战斗英雄"称号，并号召军区干部战士向他学习，部队还将他授奖时披红戴花、骑高头大马的照片寄到了他的家乡，在当时几乎轰动了整个寿光。1945 年，侯英俊在安丘战役中壮烈牺牲。1953 年，小学课本中的《功劳炮》一文，把侯英俊与葛庄战役中缴获的一门日军大炮联系在一起，让全国人民都知道了出自寿光的这位大英雄。虽然近几年已有多方材料证实，"功劳炮"并非侯英俊缴获，而是寿光籍的另一位英雄苗继增带人缴获，但这并不影响侯英俊在人们心中的伟大形象，因为他对国家和民族的忠诚是真实的，他为打败日本侵略者所做出的巨大贡献是不可抹杀的。自然，他在沂水这块红色土地的英雄壮举也是永远鲜活的。

另一位从沂水这块红色土地上成长起来的寿光人是王淮湘。或许你能知道他的家乡也在台头镇。出生于 1920 年的他，1937 年 9 月加入中国共产党，同年 12 月参加了马保三的八支队，并跟随马保三来到了沂蒙山区，同样活动于沂水及其周边地区。他也参加过 1944 年的葛庄战役，与侯英俊、苗继增同属一个部队。1964 年他被授予少将军衔，1969 年被中央军委任命为沈阳军区副政委兼吉林省军区政委，1971 年担任中共吉林省委第一书记，离休前是武汉军区副政委。有生之年，他写了多篇回忆自己在沂蒙山区战斗与生活的文章，其中就有一篇写到了沂水葛庄战役，并描述了侯英俊刺死 6 名鬼子的过程。

当然，在沂水留下过革命足迹的寿光人还有很多，我无法在此一一列举。我只能说，寿光与沂水，自古以来真的是文脉相通，血肉相连。

由此我猜想，你之所以要求来沂水支教，响应国家关于知识分子支援老少边区建设的伟大号召只是重要原因之一，还有一个重要原因，是因为这里与寿光在红色基因上有太多关联。你喜欢代表中国共产党的红色，你渴望自己的人生与红色沂蒙紧紧贴在一起，与朴实善良、勤劳勇敢，为革命的成功，为抗击日寇侵略和全国解放大业做出过巨大奉献的沂蒙百姓紧紧拥抱在一起。也想在此踏着马保三、侯英俊、苗继增、王淮湘等众多寿光人留下的光辉足迹一步步成长。

这不是我以作家的想象刻意拔高你，而是你在新中国的培育下，人生境界已经达到了这种高度。

4

2016 年秋天，在金黄的柿子挂满枝头时，我到有着二千多年悠久历史的高桥镇寻找沂水五中旧址，寻找当年你在那里留下的高大身影和二胡弓弦间流淌的那一个个动人音符。

公元前 616 年，由鲁国季孙行父在这块土地上所筑的东郓故城早已不见踪迹，齐、楚两国为争夺此城所发生的激战，也只存在于人们的想象中。但是你的高大身影仍在，你的二胡弓弦间流淌的那一个个动人音符仍然鲜活地跳跃着。

我走进高桥初级中学，也就是当年的沂水五中所在地，看到了几栋红墙碧瓦的漂亮教学楼和用塑胶铺地的阔大操场。正赶上下课时间，高音喇叭一响，从各栋楼内立刻跑出上千朵鲜亮的花儿，在五星红旗的飘扬中绽放。

我在这种绽放中回到了 58 年前，看到你和济南来的徐化鼎、杨景岭，烟台来的李蔚文，黄县来的肖玉琳，龙口来的张晋娟等几位老师，与校长尹竹亭一起，散坐在一间低矮破旧的民房内开会。室内空间狭小，四壁漆黑，墙皮斑驳，光线灰暗，会议桌是一张残破的吃饭桌，板凳、马扎七大八小，有的还缺条腿，用石块作支撑，条件之简陋，很有点战争年代革命者开会的意味。说不定你们开会的这间老房子，真有中共地下党或抗日志士开过会也未可知。

因为高桥镇也是红色老区之一，也曾涌现过很多地下党组织和革命志士。

建国后曾先后担任山东省政府副主席、副省长、华东军政委员会委员、最高人民法院华东分院院长的刘民生，就是从高桥走出去的最典型的革命者。他曾带动了一大批高桥青年参加革命，仅他们刘家山宋村就有几十人之多，光是烈士就出现了十二名，其中还有刘秀兰、刘荣芹两名女烈士。

出生于高桥马家方庄村的马成溪老人，不仅是一名革命者，还与教育有着密切的关联。他于1941年参加八路军，在鲁中军区警卫连任警卫战士。1943年秋天，沂蒙山抗日根据地进一步扩大，为了解决根据地孩子的读书问题，鲁中抗日联合办事处主任王子文，从警卫连抽调七名有文化的战士开办印刷厂，编印课本，马成溪就是其中之一。他们在无技术、无设备、无厂房的艰苦条件下，自己编写教材，自己在木板上刻字，使用最原始的手工印刷法，把带有"我是中国人""爸爸妈妈都是中国人""中国大，日本小""中国共产党领导人民抗日救中国"等具有鲜明政治思想的课本送到了学生手中。1946年，马成溪光荣地加入了中国共产党。中华人民共和国成立后，他被派到山东大学附属中学学习，后从高桥区副区长的职位上转行到教育，担任沂水县第二中学，也就是马站二中副校长，一干就是几十年，直到1981年才离休。是高桥镇六百多名从教者中，革命最早、入党最早、资格最老的教师。

由此，谁又敢说你们开会的这间屋子里，没有过红色革命者的身影呢？

不过，这屋子是你们借来的。

刚刚成立的高桥五中还没有自己的校舍，建校地点已选好，高桥党委正在抽调民工加紧建设。在未建成之前，只能暂时借用了老百姓的一个破旧院落。这里面有三间教室两间宿舍兼办公室，总面积不足50平方米。这次开会，是你们这几位支教老师报到后的第一次会议，大家彼此认识一下，也为学校下一步的发展献计献策。国家很困难，条件很有限，但教育却必须要搞好，因为新中国需要人才，人民群众需要尽快改变缺知识没文化的落后面貌。

此时你在想，新校舍的建设如果单单依靠十几个民工，是一时半会完不了工的。一旦开学，眼前这几间破旧的民房根本挤不下，学生们吃没地方吃，住没地方住，就连上厕所都没个宽绰地方，岂不影响学习？于是你急切地向尹校长建议：既然国家暂时还较困难，没有足够的财力建设学校，我们就得自力更生、艰苦奋斗，发动全体师生一边上课，一边上山扛石头、下河挖沙子，协助施工队垒院墙、建校舍、打水井、盖伙房、整操场……尽快建起一所社会主义新学校，给学生们一个良好的学习环境。别让人民群众焦急和失望。

尹竹亭是1942年参加革命的老同志，抗日战争和解放战争时期，曾在中共沂南县委、沂南县行署从事地方武装和群众工作。采访中，你在沂水五中时的同事刘纪中老人告诉我，他曾于1967年带人到沂南对尹校长的历史情况搞过外调，并为此专访了1947年介绍尹竹亭入党的中共平邑县委书记李玉科。据李玉科介绍，尹校长对党和人民非常忠诚，曾带领民夫冒着炮火支援孟良崮战役和淮海战役，为实现全国解放和坚持人民当家作主，做出过极大贡献。

尹竹亭个子不高，脸庞黝黑，表情中总是透着刚毅与严肃。按说作为校长，很多思路由他来出比较好，你抢先把他该说的话说了，从领导的角度讲，他应该很反感。但没想到，他听了你的话非常高兴，当即说，好，你的建议好！我们就这么办！所有老师也都跟随尹校长称赞你的建议好。于是，一场轰轰烈烈的勤工俭学运动，就在沂水第五中学开展起来了。

在我采访制作纪录片《清曜四韵》的时候，肖玉琳、张晋娟、徐化鼎等老师都已是八十多岁的老人，他们的记忆力都在极度减退，很多眼前的事情转眼就忘。肖玉琳老师更是受到了心脑血管疾病的严重困扰。王守琨先生几次电话联系，他都无法接受采访。但是王守琨提供了他编辑《唐乐群杂文集》时，肖玉琳、张晋娟、徐化鼎等人撰写的回忆文章。对于你在沂水五中的故事，他们记得清清楚楚。他们忘不了你在勤工俭学的繁重劳动中付出了多少心血、洒下了多少汗水、显示了多高的组织能力、领导能力和忘我的劳动精神。他们说，从山上往下运石头，你总是捡最大的扛，而且走在最前面；从河里往学校运沙子，小车队里总少不了你，不是推就是拉；修路时你把学生分成几个组，每组都有技术员，修得又快又好；在盖简易伙房时，你的班也出现了技术队，干起活来和专业的建筑工人差不了多少。

但是有谁知道，你从小被父亲疼爱，很少干粗活，长大后又一直在学校里读书，一双手又白又嫩，搬石头推车子很快就磨出了血泡。血泡一破，整个手掌血肉模糊，像是刚受过酷刑一般。很多学生心疼

1958年秋天，唐乐群站在了沂水五中的讲台上。

地大叫，纷纷说唐老师你别干了，指导我们干就行。当年已经五十出头的女教师李蔚文视你为自己的亲弟弟，她也心疼地说，行了乐群，别再硬干了，说来说去咱们都不是干这活的料，还是让学生们多干吧。他们比我们强。

李蔚文这么说是有一定道理的，因为当时入学的学生全都来自农村，而且年龄最小的也有十七岁，最大的已经二十四岁，个别学生甚至都结婚有了孩子。他们在家吃惯了苦，受惯了累，干这点搬石头运沙子的活根本不算什么。

但是你并未停歇，用纱布缠住双手，继续干。你相信人的吃苦精神是通过吃苦磨炼出来的，你愿意借此机会好好磨炼自己。

肖玉琳是与你同一天来沂水五中报到的支教老师，这位真诚坦率的胶东人深得你的喜爱，你们一见如故，很快就成了无话不谈的知心朋友。看到你如此吃苦，他感叹不已，半开玩笑地当众夸赞你："没想到啊唐老师，你的革命意志还很坚定哩！"你说："哪有什么革命意志啊，不过是强迫自己改造一下懒惰的性情罢了。懒惰这东西藏在肉外皮里，只要你一逼它，它就随着汗水跑出来逃得无影无踪了。"

2019年11月，为了给本书补充素材，在你当年的学生相兆华协助下，我到沂水县高桥镇河北村，找到几位当年与你一起参加勤工俭学的学生进行了采访。他们说，当年你说的话不仅对老师们触动很大，对他们那些当学生的同样触动很大。他们坦言，当时很多人都有懒惰心理，一干重活就打怵。可是经你这么一说，他们再也不好意思偷懒了，都悄悄地强迫自己拼命干。由此可以看出，你对他们的影响带动是多么巨大。

让他们印象最深的，还不只是你在劳动中的吃苦精神，还有你在劳动间隙不顾双手受伤，为老师和学生们拉二胡缓解疲劳的情景。直到今天，一提到你当年拉二胡，他们耳边就会响起《敖包相会》《翻身道情》《沂蒙山小调》等一个个优美的旋律，眼前仍然可以清晰地映现出你双目微闭，身形随着音乐轻轻摆动的陶醉模样。

1958年的深秋和初冬那段时间，在你的学生徐立成的记忆中很冷，夜里总是寒风呼啸，早晨总是冰霜满地。

此时，正是大炼钢铁的紧张时期，全国上下一片沸腾。不管是农民、工人、机关干部，还是教师和学生，全都投入到了大炼钢铁的热潮当中。

你们五中的老师和学生在这股大潮中暂时中断了学校建设，到沂水县杨庄人民公社参加开矿。那时还没有挖掘机、装载机这类现代化工具，所有的工作都由人工完成。你们的任务就是和所有开矿者一样，抡大镐、抬大筐，把矿石从山体上开采下来、运送出去。

徐立成先生说你们干了一个多月，你每天都是出力最多的那个人。或许有在学校搞建设时受伤的经历垫底儿，这次你干得更加得法和从容。你的手变粗糙了，手掌上满是老茧，手面上满是裂口。从前白白净净的一张脸，现在也黑得煤块一般。走出益都师范学校不过三四个月，你一下子老到了三十多岁，完完全全脱胎成了农民，很难看出你是一位脱产教师！

此时，学生对你的印象不只是你在劳动时的那股子拼劲，还有你对学生的细心照顾与爱护。在我采访时已经七十多岁的段新婷老人，那时是你的学生，她见证了这段时光里的你。她说，出去劳动大家要带行李和工具，且走很远很远的路，有的女生年小体弱，走不多远就会停下来歇息。你总是在后面跟着，哪个学生累了，你就替她背行李

拿工具。有时你身背三四个行李，手拿五六件工具，还能带领大家
高唱《大跃进的歌声震山河》：

年年我们要唱歌，

比不上今年的歌儿多。

全国一起大跃进，

开山劈岭改山河。

千万水库连成串，

河水上了高山坡。

到处种稻麦，

遍地栽瓜果，

千斤乡要出现在全中国。

咳！齐唱胜利歌！

……

劳动可以检验一个人的品格。不管是体力劳动，还是脑力劳动，
一个人只要热爱劳动，抛开时代和政治因素不说，这个人必是一个有
奉献精神的人，一个有责任感的人，一个具备创造力和创新力的人。
古今中外，概莫能外。

5

你不只热爱体力劳动，也同样热爱脑力劳动。

在你最疼爱的学生王守琨眼里，你是一个非常好学的人。你一生最大的乐趣，就是看书学习。

为了提高自己的教学能力和知识水平，你在 1960 年这个最为艰难困苦的时期，参加了山东大学中文系的函授学习，四年后，你以优异的成绩拿到了本科文凭。

本科文凭现在看来极其普通，每年大量的本科毕业生涌向社会，不是专业好、能力强，想找份理想的工作都难。

但在当时，自然灾害席卷全国，人们在饥饿中苦苦挣扎，对于大多数人来说，今天活着，明天尚不知命归何处，怎么可能还有心思钻进书本里，为了拿本科文凭而承受精神和肉体上的双重煎熬呢？即便能够吃得饱穿得暖，又有几个人有那份毅力和恒心，用三年苦熬换取一张大学本科文凭呢？毕竟那个时代有张高中文凭都能得到重视，有张中专文凭就能捧个铁饭碗，谁还会再去费力拿本科文凭呢？再说，那也不是谁想拿就能拿得到啊。

然而，你却用异于常人的毅力，克服重重困难拿到了。你每天早晨三点起床开始学习，每到寒暑假就徒步往返百余里到县城参加面授。当年与你同在沂水五中教书的肖玉琳老师在他的回忆文章中说，你的脚上经常磨出血泡，但你用一根大洋针将其挑破，往外挤挤血水，该去县城还去县城，从未因此耽误面授，也从不在同事面前叫苦。当一起参加面授的人多数退缩，只剩下几个时，你却拿到了整个沂水县第一张函授本科文凭。这是何等得了不起。你轰动了全县，甚至轰动了整个沂蒙山，成了无数人崇拜的偶像。也让很多人从懵懂中惊醒，感觉曾经的饥饿与死亡都已淡化，内心迸发的只有愧不如君和对你英雄般地赞叹。

而你并没有停止学习知识的脚步。因为学习知识对你来说就如呼吸空气、吃饭喝水一样重要。不管作为普通教师，还是作为领导干部，你每天都要坚持读书学习四小时以上。如果因为工作繁忙，或有其他事情打乱了学习计划，即便一夜不睡，你也要补上。

张树松先生曾任沂水师范学校校长，与你有过短时间的相处。他在接受我的采访时，讲述了你的一段故事：

1978 年农历腊月三十，当时已是沂水师范学校教导主任的你，因为头一天下乡到学生家中走访，耽误了读书学习，第二天早上 3 点你就起床开始读书。本来计划这一天坐车回寿光老家过年的，因为你已写信告诉妻子，今年无论如何也要回家和孩子们团聚团聚，给死去的父亲上上坟。但是学习让你忘记了时间。早晨 8 点多，相邻而居的一位女教师前来善意地提醒你，说唐主任，班车一天就三班，路上还要倒车，如果走晚了，到家天就黑了，家里人会着急的。你随口应着，好好好，这就走。但仍继续读书，一直到中午 12 点多，也没有走的意思。这位女教师替你着急，又来提醒说，唐主任啊，快走吧，再不走车都赶不上了。你当时便不耐烦了，轻轻一摔书本说："你不要再催我了，走不了我就在这里过年！"弄得这位女教师一脸尴尬，赶忙说对不起，对不起，是我多嘴了唐主任。并说，您如果在这里过年，就到我家过吧，我家把所有年货都准备好了，很丰盛呢。

结果，你真的是在学校里过的年。只是没到这位女教师家过，她

唐乐群从不间断学习，也从不厌倦学习。

和丈夫过来请了你多次你也没去，而是在宿舍里简单地吃了点东西，一直看书。

在此之前，你已经连续两个春节没有回家。

在你看来，逢年过节正是读书学习的大好时机，回家就把这大好时机浪费掉了。为了抓住这样的大好时机，更为了不让别人发现后打扰你，你曾多次买下一堆面条或烧饼，然后屋门外锁，跳窗入室，连续几天在里面学习。

在许多人眼里，你就是一个学习的疯子。疯到了佛家所说的无我，疯到了俗世所说的无情。

但是如果不疯，你怎么可能会有渊博的知识，超人的能力呢？

马彦岱这个名字你一定记忆很深，他是你在沂水师范时期的得意门生之一，一生喜欢文学，虽然没有很高的文学成就，却也写下了众多语言朴实、贴近生活的好文章。采访中马先生告诉我，1975年春天，"四人帮"出于不可告人的政治目的，在全国上下掀起了一场"评《水浒》，批宋江"运动，这场运动波及各个领域。迫于形势压力，沂水师范学校也在大礼堂召开大会，选拔了四个不同层面的代表在会上发言。当时马彦岱代表学生，还有一位教师和一位伙房师傅，你代表的是领导层。所有人都事先准备了发言稿，只有你在一块巴掌大的小纸片上，用铅笔写了一个题目《鳄鱼的眼泪》和几十个字的提纲。那时马彦岱想，就这几个字能发多久的言呢？只怕几分钟就讲完了吧？哪知轮到你讲时，竟然一口气讲了半个多小时。你旁征博引，妙语连珠，且在语调上时而激昂慷慨，时而娓娓道来，博得了台下听众一阵又一阵的热烈掌声。那其实不是在批宋江，那是在给人们讲一堂历史文学课，在讲历史与文学的关系，在讲宋江作为文学人物所承载的作家的种种历史观、忠义观、人性观。经过了这么多年，马先生仍然觉得，那样一种高水平的发言，真不是谁都可以讲得出来的。没有对《水浒传》的长期研读，没有对历史的全面把握，没有足够的思想垫底，在那么难驾驭的重大主题面前，是无论如何也呈现不出那般美妙绝伦的发言的。也就在那个时候，马先生对你产生了由衷敬佩，决定此生向你学习，扎扎实实做学问，一心一意搞研究，决不做一个胸无点墨却附庸风雅的空头知识分子。

你调至沂水一中担任校长的时候，党克明先生是沂水一中的一名教师。这位为人诚恳，干事扎实，待人热情，一生低调谦虚，也为沂水县的教育事业做出了巨大贡献的老人，与我有着多年的友好交往，他在接受我的采访时说，唐乐群作为校长，主要任务是搞好管理，是不用给学生讲课的，更不用辛辛苦苦地备课。可他，三个年级的语文课都备。哪个班的语文老师有事不能上课了，他都能顶上讲，而且讲得特别好。

这让我在几十年后的今天，站在沂水一中校园内，仍能看到你在讲台上神采飞扬地给学生们讲课的清瘦面庞，仍能听到你洪亮的声音在校园里清晰地回荡。丁香花正在盛开，那朵朵花蕊仿佛仍在吸收着你的养分，开得那样鲜亮，开得那样饱满。

其实讲课对你来说根本不算什么，从在高桥五中时开始，你所有的课都是学生最爱听的。你当年的同事张晋娟在一篇回忆文章中说，作为当时的年轻教师，为了不断提高自己的业务水平，她和许多教师一样，听过许多优秀教师的课，但是不管县内还是县外，没有哪一位教师的课能像你的课那样令人百听不厌。她说你的课知识含量高，语言简练易懂，风趣幽默，没有重复，没有废话，每听一次都有不同的收获。所以你讲课不仅能够征服学生，同样可以征服老师。别人最无法企及的，是《新华字典》你能倒背如流。

《新华字典》倒背如流？起初看到这个说法时我很怀疑，便采访了很多人加以证实。

山东师范大学教授、博士生导师曹明海先生，是你在高桥五中教学时的学生，也是你最为得意的弟子之一。在语文教学领域，他成就卓著，现为语文教育研究所所长、国家社会科学基金课题（教育学）评审专家、教育部语文课程标准研制参与专家成员。著有《文学解读学导论》《语文阅读活动论》等学术专著多部。为人正直，做事严谨。他曾亲眼见过你背《新华字典》。他告诉我，只要有人说出哪个字，你马上就会说出在《新华字典》哪一页，然后按照字典上的解释，一字不差地背诵下来。他连连感叹："哎呀，唐老师这种'特异功能'，真不是一般人能具备的！"

张树松先生则告诉我，你不仅可以背诵《新华字典》，《汉语成语小词典》也一样可以背诵。有一次你在沂水师范学校小礼堂给学生们讲作文课，学生们都想领略一下你背词典的风采，便纷纷举手提出成语让你解释。结果只要学生一出口，你马上就能答出在《汉语成语小词典》的哪一页，如何解释的。并且还能告诉学生，这个成语该如何运用到作文中更为恰当。现场气氛热烈极了，掌声一次次爆发，一次次经久不息。学生们对你赞叹不已，也敬佩到了极点。

我真想回到当年的沂水师范学校小礼堂去切身感受一下，那是一场怎样的精神盛宴，又是怎样的一场文化膜拜。这种盛宴与膜拜，不仅在当时时代非常稀缺，在当下社会也同样非常稀缺。我不知道走遍神州大地，是不是还能找到这种方式的盛宴与膜拜。

6

现代人如果回望你，特别是年轻一代看待你，可能会有两种感觉，一是单看你做的那么多好事和工作学习的执着与痴迷劲，认为你是个傻子。一定会疑惑地问：世界上会有这样的人吗？如果真有，那不是有毛病就是缺心眼嘛！二是单看你历年来获得的那么多荣誉和一路高升的速度，会认为你是一个不可复制的幸运儿。他们会想：一个穷苦百姓家的孩子，在中华人民共和国成立早期那种遍地文盲的时候，不仅读完了中专，还拿到了函授本科文凭，然后获得了一个又一个省级、国家级荣誉，得到了一次又一次提拔重用，不是幸运，怎么可能啊？

然而，谁能体会出"傻子"和"幸运儿"之间的密切联系，以及背后的艰辛付出呢？

1964 年 7 月，你站在鲜红的党旗前举起了自己庄严的拳头，在发自肺腑的宣誓之后，你光荣地加入了中国共产党。随之而来的是提了一级工资，这在高桥五中你是第一人。从建校起始，没有人涨过工资，连勤恳忠诚、成绩卓著的尹竹亭校长也没享受这一待遇。不是你思想进步、业务精湛，班级升学考试全县第一，让所有人由衷地折服，这种好事能轻易落到你头上吗？那个时代是最实事求是的，没有本事，没有成绩，没有人会因为某种关系或其他什么而违心地认可你，把好事给你。

1965 年 5 月，你被评为山东省学习毛主席著作积极分子，并在全省大会上做了典型发言。这是你在那个时代的潮流中，用一颗对领袖的赤胆忠心，日夜苦读毛主席著作，且给沂水全县的党员干部多次讲课的结果。当时，全国上下都在学习毛主席著作，都在以自己的一颗真诚之心想用毛泽东思想武装自己，从而成为政治上合格，理论上过硬，思想上强大的社会主义新人。但是，多少人却很难把毛泽东著作真正读懂、读透，更谈不上深刻理解与实际运用。而你却能如获至宝般读得如痴如醉，重要篇章都能倒背如流，且写出了十几万字的心得体会，并运用到了实际工作和生活中，这个荣誉不给你给谁呢？从1965 年 5 月 9 日一张你去省城济南接受表彰时的六人合影中，让我看到了年轻帅气的你。满脸朴实，目光清澈，没有一丝得意与骄傲，浑身散发着那个时代的正气与朝气，令我倾倒。

1971 年 7 月，你从高桥五中调至沂水师范学校担任教导主任。1980 年 1 月，又从沂水师范调到沂水第一高级中学担任校长。不是你的教学水平和业务能力超越同侪，教学理念与领导能力备受上级领导赏识，组织上怎么可能提拔你呢？提拔干部是最看重能力的，平庸无能之辈是不可能得到重用的，即便是有关系走后门，没能力也不会成为重要岗位上的领头人，哪一个领导也不会找一个经常翻船的舵手去开船。

1979 年，你被山东省人民政府授予特级教师称号；1982 年你被山东省人民政府授予劳动模范称号；1983 年，你分别被山东省人民政府和国家教育部授予优秀教育工作者和优秀教师称号。如果不是你在教学上一再取得突出成绩，这些荣誉怎么可能授予你呢？

1982 年 9 月，作为沂蒙老区唯一的党员知识分子代表，你出席了中国共产党第十二次全国代表大会。1983 年 7 月，又出席了中共山东省委第四次代表大会，并被选举为第四届省委委员。同年 9 月，你当选为中共沂水县委委员。这种政治上的高度认可和巨大荣耀，不是你

"傻子"一样任劳任怨，长期奉献，以及对党无条件的忠诚，又怎么会落到你头上呢？"党代表"就是党员中的突出者，忠诚、信念、作为、贡献是不可降低的重要标准。

马彦岱先生告诉我，你在沂水师范学校的时候，正是政治形势极其特殊的时期，但你仍然冒着走"白专道路"的风险，保持清醒的政治头脑，为了抓好教学煞费苦心，即便不能力挽狂澜，你也要尽自己的最大努力把工作抓到最好。尤其是对一些上进心强、思想觉悟高、学习劲头足的学生，你都会重点培养、个别开灶，用自己的一片苦心教导他们、影响他们，使他们沿着正确的学习方向迈步。马先生本人就是这些重点学生中的一位。

调至沂水一中之后，为了把这所成立于1952年的高级中学建设成全省一流的学校，你首先到处搜罗人才。用马彦岱先生的话说，叫"井里无水四下里淘"。像伯乐一样，把一匹匹"好马"收到了你的麾下。毕业于山西大学历史系的杨福纯及其妻子，就是你从极其偏僻的沂水县圈里乡"淘"到沂水一中的。马彦岱和他妻子，也是你从院东头"淘"进沂水一中的。马先生在采访中还笑着对我讲，当时他并不愿意到一中，感觉自己的能力不够，怕自己教初中的水平教高中给恩师丢脸，就花三块钱买了两瓶"青泉液"白酒到一中找你，希望你看在师生一场的情面上饶了他，让他继续在乡下教他的初中。但你认定了他的教学能力和文学才华，并没有给他这个面子，坚持把他调到了一中。同时期调进一中的教师还有二十余人！

马彦岱在他撰写的《我所认识的唐乐群先生》一文中回忆：好马也要用鞭催，响鼓更需用重锤。对于新调进的教师，无论年纪大小，你在大胆使用的同时，更注重教育、引导和培养，使其能够尽快地适

1965年5月，唐乐群（后排右一）被评为学习毛主席著作积极分子时在济南与同去参加表彰会的积极分子合影。

1982年，唐乐群（左一）在北京参加了党的第十二次全国代表大会。会议闲暇，他
与时任临沂地委书记李洪成（右一）在中南海留下了终生难忘的合影。

应新的形势、新的学校、新的教育教学工作。为此，你总是在百忙之中挤时间去听各科教师的课。你听课从来不提前打招呼，而是搞"突然袭击"。你提着个小木凳，拿着个小本子，悄悄从教室后门进去，靠墙坐着——因为只有这样才能看出教师真正的教学方法、教学艺术、教学水平。马先生记得有一个周五的下午，他要给学生讲苏轼的《石钟山记》。刚走上讲台，班长喊了"起立"，他不经意间往下一看，吓了一跳，因为你早在教室后面端端正正地坐着了！他立刻感觉有点慌。恰在此时，教室门外突然传来一片纷乱的"报告"声，是班里几个女生因为没有听到午休的起床铃声迟到了。这种关键时刻的掉链子让他非常恼火，再加上你的突然出现让他紧张，这节课便讲得不是很理想。但是听完课之后，你并没有马上发表意见，而是像对所有的教师一样，抽空把他叫到你那间不足 10 平米的办公室里，先肯定长处，再指出不足，然后帮他理顺思路，找出改进和提高的方法，从而使他的语文教学水平得到了极大的提高。

马先生说你除了坚持每天听两节课之外，还采用各种方式来强化对青年教师的指导和培养。如：不定期地检查教案，召开同一学科教师座谈会，举行讲课比赛和写作竞赛等等。那一年的高一下学期，你让包括他在内的三位优秀语文教师开展了共讲同一篇课文比赛。那篇课文是鲁迅先生的名篇《祝福》。经过精心准备，面对学校领导和语文组全体教师，他们各尽其能，各显神通，圆满地完成了这次比赛。然后你带领语文组的其他老师，对这次讲课进行了认真的分析评价，使得所有语文教师都受益匪浅，也使得这次"三讲《祝福》"成了沂水一中语文教学史上的一次美谈。

三年后，马彦岱先生担任班主任的那个班，50 人参加高考，44 人考中，光本科就有 36 人。要知道，他这个班不是精挑细选的优秀学生，而是他进一中时，在教务主任杨福纯的主持下，抓阄抓来的，而且还是所有人抓完之后剩给他的。其实那一年不光他的班考得好，其他班也都考得不错，全校本科录取 185 人，在全国本科和专科加起来招生也只有 48 万人的时代，这个中榜率是相当高的。如果单班计算考中率，马彦岱的班高达 88%。当年，青岛市第二高级中学有个班升学率 90%，山东师范大学附属中学有个班升学率为 89%。马彦岱那个班，在全省排第三。此时，马先生才在心中长长地舒了一口气，感觉没有辜负你的期望，也对得起你当初对他的器重了。

而马先生更要和所有当年那批调入沂水一中的老师一样，感谢你的培养和教育。没有你园丁一样的苦心浇灌，他们是成不了参天大树的。

你从沂水一中调任临沂地区行署副专员，是组织上让你离开教育一线到一个更广阔的平台上为党和人民多做贡献。这不只是对你个人能力的一种极大肯定，更是党和人民需要你这样的人。只有选用你这样的人，党和人民的事业才更有希望，祖国的发展与繁荣才更快速。而没有你这么多年的刻苦学习与努力钻研，你哪来的能力？又如何为党和人民多做贡献呢？

中国民间有句俗话"种瓜得瓜，种豆得豆"。但是瓜和豆是有区别的。有人种瓜只是为了自己得瓜，所以得到的也只是一只普通的瓜而已。有人种豆为的只是自己得豆，所以得到的豆也只是普通的豆罢了。而你，种瓜种豆都是站在一个至高点上，为党、为国、为人民，所以你最终得到的瓜是"金瓜"，得到的豆是"金豆"。

一切过程都在无我之中，天道自然不会亏待于你。这种天道，在现代人看上去是一种幸运。

当然，如果非要说"幸运"，那就是你遇上了一位和你一样可以做到无我的校长，他就是尹竹亭。

你在高桥五中那些年，如果尹竹亭校长嫉妒你的才华和能力，如果他把你的一切努力看作是为名为利，如果他私欲很重总想把好事窃为己有，如果他不愿意培养德才兼备的年轻人，只想自己升官发财，那么你可能一开始就被压制下去，永远只是一个默默无闻的教师。假如真是那样，对你来说可能无所谓，因为你所做的一切原本就不是为了获取个人名利。但是对于党和人民来说，必然是一个损失。扩而大之，全国上上下下的领导干部都这样，就是党和人民的灾难。所以，你背后有一个很伟大的人，一个真正的共产党人，就是尹竹亭。几十年后的今天，我们仍然需要对早已长眠于地下的尹竹亭校长说一声：谢谢您，真诚地谢谢您。

7

"淡泊名利"是许多人常挂在嘴边的一句漂亮话，但是真正做到淡泊的却没有几个。所以我曾在一篇题为《淡泊名利是一种虚伪和矫情》的文章中说："所谓'淡泊名利'在某种程度上就是一种装饰品，它会给人蒙上一层超凡脱俗的面纱，让人显得崇高而儒雅。所以只要有点文化和身份的人就喜欢将其挂在嘴边，并鄙视别人追名逐利。岂不知人生在世没有哪一个不是为名而来，为利而往的，所谓'人为财死，鸟为食亡’是也。虽然名有大小，利有薄厚，哪怕只是一声表扬，一枚铜钱，只要你所处的环境和位置需要它了，你就会身不由己地去争取，哪还谈得上什么淡泊？若是有人真淡泊了，那是因为他已拥有足够的名和利，或被名利所累了，反之，你若是连基本的生活都在艰难维持，何谈名利？又何谈淡泊？因此我说，拥有名利的人不要说淡泊，说了会让人觉得矫情；没有名利的人更不要说淡泊，说了就会让人觉得虚伪。以我的观点，对于名利既不要说淡泊也不要去强求，顺其自然，能得更好，不得也罢，表白多了倒可笑了。”

这样的阐述，或许你是接受不了的，唐老。因为这太现实，也太世俗了。你这个人，是“跳出三界外，不在五行中”的，也是真正的共产党人，是真正对名利没有概念更没有欲望的淡泊者。这一点特别体现在当官上。

你曾两次拒绝组织上的重要提拔。

第一次，也就是你作为党的十二大代表从北京回到沂水以后，时任省委组织部部长冯立祖亲自来临沂找你谈话，传达省委领导有意让你担任山东省教育厅副厅长的想法。你当时惶恐不已，想都没想就连连摆手，说：“不行不行不行，我就是一个普通教师而已，根本不具备担此大任的能力。如果坐到了只能指挥别人的办公室里，我就无法发挥个人的教学专长了。”然后请求组织上重新考虑更合适的人选，让你留在教育一线继续担任教师。冯部长回省委汇报后，尊重了你的想法，此事暂时放了下来。第二年，省委接受中共临沂地委书记李洪成的提议，让你担任中共临沂地委副书记，你仍以能力不足，不能胜任为由加以谢绝。没办法，冯立祖部长再赴临沂，与李洪成书记一起再做你的思想工作。因为李洪成书记与你一同参加了中国共产党第十二次全国代表大会，你们在北京同住一个房间，还在中南海留下了一张亲如兄弟般的合影，他对你的人品学识不仅了解，也非常欣赏和喜欢，你与他更是知心和交心，所以，组织上让他和冯部长一起跟你谈话，你是应该更好接受的。但没想到，你同样没给他们二人"面子"。你说："感谢组织上的好意，我不是不想当这个官，我真的是没这个能力和水平，我能干的事情，就是当老师。请您二位领导理解我，也原谅我。"李洪成这位早在1943年就加入了中国共产党的老革命便生气了，他脸色一沉，啪的一拍桌子质问你："唐乐群！你是不是共产党员？"你马上紧张不已地回答："是。我当然是！"他随即反问："你既然是共产党员，难道不服从党组织的安排吗？让你担任稍高一点的领导职务不是给你升官，是在给你加担子，让你更好地为党工作，为人民服务！你有什么理由拒绝？"你无言以对，这才勉强答应接受组织安排，但要求担任行署副职，不担任地委副书记，因为你从心里感觉自己真的是没有足够的能力担任副书记。冯部长和李书记也只好退一步，考虑到临沂行署当时真就缺少一个懂业务的领导干部分管教育，便同意了你的请求，然后上报省委批准，让你担任了临沂地区行署副专员。但是任职仅两年，你发现自己最适合的还是教书育人，便给时任山东省委副书记、省人民政府省长李昌安同志写信，要求按照干部能上能下的原则，把你派回沂水普通中学担任一线教师。李昌安省长和省委主要领导同志对你的做法十分感慨，评价你很有知识分子的觉悟，决定尊重你的想法，让你回教育一线工作。但是你的资历在那里，你的能力水平在那里，你的品格也在那里，怎么可能再把你派回沂水普通中学任职呢？于是延迟两年，把你调至淄博，担任了山东农业机械化学院党委委员、副院长。

第二次，山东农业机械化学院改变隶属关系，由省教委直管，并更名为山东工程学院，省委组织部希望你担任山东工程学院党委书记一职。因为你的资历，你的学识，你的办学理念，领导水平，以及在社会上的巨大影响力，都适合担此重任，对于学院的未来发展也是极其有利的。但是你以自己年龄大，力不从心，有一位比你年轻的同志更适合担此大任为由，谢绝了组织上的器重。当时你只有55岁，放在较高层次的领导干部队伍中，正是年富力强的时候。而且，你还曾因山东农业机械化学院的王敏院长到省委党校参加培训，代替他主持了很长时间的全院工作。而你，却推辞掉了。你想得更多的，是年轻有为的同志需要有进步空间，自己已经到了再过几年就退休的年龄，在不在重要领导岗位，有没有权力，都一样为党和人民工作，不要挡了年轻人的晋升之路，妨碍了他们发挥聪明才智，伤害了他们的工作积极性。这是为学院的发展着想，更是为党的事业负责！

王守琨在采访中对我说，你为什么两次拒绝提拔，是因为在你心里，最想干的事不是当官儿，而是当老师。2000年春节前夕，你曾给王守琨等几位与你来往较多的学生写过一封信，你在信中说："如果有来生，我还选择教师这个职业。"可见你对教师这个职业是多么钟情，对当官是多么淡漠。假如你像个别人那样，把心思都用在官场的钻营上，或许你的昨天和今天，都是另一番模样了。

人的追求不同，决定了结果的不同。但是境界的高度却与追求的目标成正比。最终留在百姓心中的位置和存在世间的长度，也是成正比的。一切都会在时间的长河中得出结论。

8

从普通教师，到中学校长，到地区副专员，再到学院副院长，你的官可以说越当越大，但是做人的原则却一如从前。

徐乐忠先生是你在沂水师范学校任教导主任时的一位品学兼优的学生，曾担任了 17 年的沂水县文化局局长。在任期间，他把从你身上学到的敬业精神和做人原则用到了实际工作中，勤勤恳恳，兢兢业业，低调务实，不骄不躁，同时也注重开拓创新，奋发作为，使沂水的文艺演出、文学创作、图书借阅、文物管理、群众文化活动等等，连续多年都名列全市前茅，为沂水乃至整个临沂的文化事业做出了积极贡献。他对你极为佩服和敬重，采访中，他慷慨激昂，讲述了许多你在沂水师范学校时的动人故事，并怀着崇敬之情对你作出了这样的评价："官儿不管当多大，善良依旧，和蔼依旧、艰朴依旧、扶弱助贫依旧、清正廉洁依旧，是我们一生都需要学习的榜样。"

谁见过一个副地级领导干部每天早上提前一个半小时到岗，给整个地委行署大院打扫卫生的？你的学生段新荣退休前是临沂市委党校副校长，她曾无数次亲眼看到，你每天早晨在临沂地委行署大院挥动着扫帚打扫卫生。她也无数次感慨，老师能做到的，我们永远都做不到。老师太伟大了。

一位熟悉你的老领导跟我粗略地计算了一下，你担任临沂地区行署副专员将近四年，用坏了至少 30 把扫帚，扫掉了不下 5 卡车垃圾。

我闭上眼睛想一想，你清扫院落的情景其实是一幅幅美丽的图画。春天里，高高白杨树刚刚发芽，一只只俊俏的鸟儿在清晨的枝头鸣叫，你清瘦的身影在树下不紧不慢地游动，多彩的晨光透过树隙斑斑点点的洒落下来，像诗一样优美而充满意境。夏日里，荷花盛开，金鱼游动，你穿一件白色短袖衬衣和黑色长裤，着一双棕色塑料凉鞋，用铁锹一下一下地往小推车里铲送垃圾。不远处，一位骑车而过的红衣少女向你投来惊异而敬佩的一瞥，像一幕电影在眼前回放。秋天里，黄叶飘舞，遍地金黄，古老韵味的建筑衬托着你挥动扫帚的身影，星星点点的叶片仍在轻轻落下，那仿如就是一幅凡高的油画。冬天里，晨雪铺满大地，白霜挂满枝丫，山雀在檐头嬉戏，踩落雪花飞溅，而你戴着一顶老式棉帽，吐着满口的白雾，就在这情境中清扫积雪，那一份清冷中蕴含温暖与执着，像极了一幅意境悠远的中国水墨画。

然而在当时，其实是有很多人没有这种美好想象的，有的只是对你这一行为的看不习惯。用今天的话说，他们以为你是"作秀"。怎么说你也是一位副地级领导干部嘛，应该干的事情很多很多，为什么非要干这种打扫卫生的工作呢？不是为了"作秀"，你会为了什么？但是，当你天天都在默默地"作秀"之后，他们便暗暗地生出了惭愧感，便知道自己是在以"小人"之心度君子之腹，同时也生发出了对你的别样敬意。直到今天，还有人在我采访时对你给予高度评价：真是时间考验出来的真党员、真干部，没有哪个人能做到像他那样把打扫卫生这样不该他干的小事也一干就是几年，太让人佩服了。

其实对于一个领导干部来说，面临最大的考验并非只是干一件别人都没干、也不愿干的小事，而是如何拒绝别有用心者的送礼腐蚀。因为几年、几十年不间断地干一件小事虽难，只要养成了习惯，也并非无法坚持。而面对有些为达某种目的送礼腐蚀者，想一辈子都拒绝却是一件"蜀道难，难于上青天"的事情。

纵观中华五千年政治史，有记载的忠臣名相不在少数，但因为做官一生从不收礼而载入史册的官员却屈指可数。

　　东汉名臣杨震算一位。

　　出生于陕西华阴的杨震，最初和你一样，是一位热衷传业、授道、解惑的教育家。虽然他的先祖杨喜曾做过汉高祖刘邦时期的赤泉侯，但是到了他父亲杨宝这一代，便对官场产生厌倦情绪，做了隐士。杨震受父亲影响，不愿当官，只喜欢研读经典，博览群书。故有"关西孔子杨伯起"之称。正因为如此，拜他求学者不计其数，可谓是桃李满天下。他虽有不仕志节，但不反对自己的学生当官，所以曾经举荐过多位门生或社会贤达人士进入权力机构为国家效力。而他自己，五十岁时被大将军邓骘发现，极力向朝廷推荐，皇上降旨令他为国尽忠，他才不得已步入仕途。后一路升迁，历任多个要职。在由荆州刺史调任东莱太守的赴任途中，他路过山东昌邑小住，恰好此地县令王密是他自荆州推荐就职的官员，为了报恩，王密特备黄金十斤，于夜深人静之时送到了他的住处，并对杨震说，现在是深夜，不会有人知道，你就放心收下吧。杨震脸色阴沉，说，"已有天知、神知、我知、子知，何谓无知者？"王密羞愧难当，赶紧拿起金子跑走了。自此，杨震便成了有名的"四知先生"。正是因为成了"四知先生"，使得杨震免除了许多拒礼之累，也成就了他终生都为"清白吏"的美名。

　　作为一名共产党的领导干部，你的清白可与杨震媲美。

　　你在担任临沂地区行署副专员和山东工程学院副院长期间，为了避免有人上门送礼，也为了把温暖送给普通群众，每到节日，你都会锁门闭户，骑着自行车，或到乡下看望年迈多病的老教师，或到大街上看望坚守岗位的环卫工人。不管看谁，你都与他们亲亲热热地聊聊

在临沂地区行政公署任副专员时，唐乐群（前排右一）与同事合影。

天，了解了解他们的工作生活情况，看看有没有需要解决的困难。有时还会帮他们干干活，陪他们吃顿节日饭。多少送礼者就这样被你不动声色地拒绝在了门外，却无从发怨。而你，则把更为厚重的一份代表党和政府温暖的情感之"礼"，送给了最普通的人民群众，让大地生长出更多对党和国家的感恩之树。

这是何其伟大啊，这是多少号称清官的古人都难以做到的！

那么你一辈子真就从来没有收过一回礼吗？不是，你收过。但是你收过的礼，都是出于私人深厚的感情，无法拒绝，也不能拒绝的礼。你的学生马彦岱为了不从乡下调进沂水一中，给你送去价值三元钱的两瓶"青泉液"酒，你就愉快地收下了。只是你收了这种礼以后，必然会加倍奉还，决不亏欠别人。假如有一点亏欠，你也会很久心下不安，以致赶紧补欠才会安妥。

你有一个铁的原则，叫作"俸薪之外无所取"。这和清代福建将乐县令李疇的"在官，俸金之外皆脏也，不可以丝毫累我"如出一辙。你常常告诫手下，也告诫亲属，"做人千万别有向他人伸手的念头，否则，拿人一文，自己一文不值。"

这其实是与中国传统文化的教育相一致的，所谓"君子爱财，取之有道。贞妇爱色，纳之以礼。"就是告诉人们，君子不是不可以爱财，但若是一个真君子，非正道所来之财绝对不要。贞节烈女也不是不可以爱色，但若真是贞节烈女，不符合礼法的色绝对不纳。老百姓的民间俗语也哲理颇深：吃人家嘴短，拿人家手软。也是在告诫世人，不要随便吃人家的，也不要随便拿人家的，否则你做事就没有原则了。这和"拿人一文，自己一文不值"有异曲同工之妙。甚至后者比前者更具思想深刻性和鞭挞性。

但对大多数人来说，可以做到不偷不抢，甚至连偷和抢的念头都不会有。但是有人送礼上门时，有谁可以做到拒之门外呢？大多数老百姓最恨有权者收礼，可遇上需要有权人帮忙的事情时，首先想到的还是送礼。因为老百姓没办法做到诸事不求人，也改变不了送礼才能办事的某些现实。而有些有权者呢？礼送轻了他可以讲原则不给你办事，礼送重了原则就成了随手可扔的废纸，总有办法把事情给你办了。

有个笑话一直在民间流传：某县一位局长家养了一条狗，凡是空手而来的客人，不管认识与否，它必狂吠不止，似乎喊着让人家滚出去。凡是手提重礼而入的人，同样不管认识与否，它必摇头摆尾，以此表达友好之意。

都说狗是通人性的，谁养它久了，它就对谁忠诚，而且很重感情。即便有的狗不是你养的，只要你对它好，它也会感激你，见了你前蹦后跳，左围右绕。而领导家的这只狗，不只是对领导有感情这么简单，它还颇谙主人心思，深知领导喜好，不然它怎么分得清谁是送礼的，谁又是不送礼的？又怎么懂得用两种不同的态度来对待"有礼者"和"无礼者"呢？

见礼心悦是人性使然，也是中国文化使然。就连孔夫子他老人家也喜欢别人给他送礼。《论语·述而》中载言："子曰：自行束脩以上，吾未尝无诲焉。"翻译成白话就是：孔子说了，只要主动给我送上十条干肉作见面礼，我就收他为徒，给他以教诲。虽然这可以说孔子收学生的条件很低，不要学费，只要提着十条干肉作见面礼来就可以了。但也同样可以证明，想做孔子的学生是需要送礼的，最起码也是十条干肉。而且孔子他老人家也是赞成正常情况下送礼敬人，反对将此说成是谄媚之举。所谓"事君尽礼，人以为谄也"，不就是说：在君王跟前工作的人，尽到礼数是应该的。但是世人却不理解，往往以为这是献媚巴结，其实这是不对的。

孔子在这里所说的"礼"，一方面是礼仪、规矩和对君王应有的敬畏态度，另一方面也包含了礼物，就是给君王送礼品以示敬重。毕竟在君王面前只懂礼仪和规矩是不行的，还应该通过送礼表达敬重，否则就算不上对君王尽了礼数。

唐老，你是共产党教育培养下成长起来的领导干部，你的人格品质中自然蕴含了红色文化的基因。但是你也深受儒家文化的影响。只是在拒绝收礼这件事上，你却做得十分决绝，没走孔子教育下的中庸之道。当了几十年教师，也未曾说过"给我十条咸猪肉，我就收他当学生"这样的话，更不会觉得别人送点礼物以示敬意是人之常情，不是什么谄媚巴结。

你不仅不走孔子的中庸之道，拒绝收礼，就连国家给你的应有待遇，除了工资和供应粮以外，你也同样拒绝。你在沂水五中时的同事、后来调到沂水县公安局工作，并在公安岗位上退休的刘纪中老人告诉我，三年困难时期，国家施行供给制，所有的供应品除了口粮，你都退还给国家，一概不要，以一己之力为国家减负。你在沂水第一高级中学担任校长时的教师刘春修回忆说，沂水一中当年给教师建宿舍，你是最有资格先分一套的，但是分了三次你都不要，要求先分给最需要的教师。你和老伴就住在靠近公共厕所的两间破旧职工宿舍里，那是给谁谁都不要的房子。曾有一位急着结婚的教师，宁可到外面花钱租房子，也不愿意在这套房子里结婚。因为这不是人住的地方，每到夏天苍蝇飞舞，一年四季臭气熏天。有人形容在这里放块肉烂到狗都不吃了也闻不到臭，因为嗅觉已经被厕所的骚臭搞麻木了。学校的总务主任几次找你，请求你搬到新房子里去，你坚决拒绝。总务主任没办法，只好趁你外出开会之机，不顾你老伴的担忧和阻拦，强行把家给你搬进了新宿舍。但你开会回来，先把老伴严厉地批评了一顿，又把总务主任训斥了一番，然后喊人帮忙，把东西又搬回了原处。

山东工程学院原党委书记张福信老人也回忆，2000年左右，学院盖了一座四层的家属楼，按照级别和资历，给每一位在职或退休的领导干部以成本价分了一套，算是一种福利。但是大家都要了，只有你坚决拒绝，你只住在一套不足八十平方米的老房子里。这套老房子我专门参观过，设计极其老套，布局极不合理，跟新建的福利楼相比，差距不止千里。我就想，住这样的房子，也只有住这样的房子，才符合你的人品和官品。假如住在一二百平方米的大房子里，再配上豪华装修和贵重的家具，那可能就不是你了。

我也想起了2015年，我到乡下采访时听到的这样一件事：有一位1947年退伍的老军人，还是一位产生过广泛影响的老伤残军人，20世纪70年代因为发现自己的伤残待遇比别人低了点，也因为看到其他伤残军人的孩子安排了工作，而他的孩子没有安排，就天天到人民公社去闹，领导开会他到会场闹，领导接待上级来人他也跟在后面闹，甚至领导吃饭他也到食堂去闹。直到给他增加了待遇，安排了一个孩子到农机站上班，他才罢休。

联想到你在沂水一中时住的房子，看了你在山东工程学院住的房子，我不由感慨万千，那位老伤残军人如果处在你的位置上，他该会怎样呢？福利房他不仅要，只怕还得给他面积最大的、透光最好的、上下最方便的吧，不然他不觉得自己曾经出生入死闹革命亏大了吗？

我们不能否认这位老伤残军人为革命所做的巨大贡献，我们也得承认他的一些要求是合情合理的，但以功臣自居，用极端方式向组织伸手，这与组织上给了也不要的你，其境界的差距何止千里啊！

在社会的运转过程中，有国家政策作为参照，大多数人的要求应该是合理的，也是合情的。但在合理合情之外，还有境界的高低之分。对于一些特殊人群来说，比如伤残军人、国家干部、烈军属等等，只要他的要求合情合理，不违背国家政策，公众是没有异议的。但是，对于高境界的人来说，在合情合理与不违背国家政策之外，还会追求利他性，即把应该属于自己的合情合理所得，转让给他人。如此一来，其品格的高下也就显现出来了。

9

20世纪80年代末至90年代中期，公款旅游与公款吃喝现象十分严重。那时，不论是城市、乡村、党政机关，还是部队、院校、工矿、医院，用公款出去旅游，用公款到饭店吃吃喝喝，是多数人认为非常正常的事，也是体现单位好坏、福利多少的重要标准。有些经费充足的单位何止每人一年一万，领导层的只怕三万五万，十万八万也不止。而那个时候的一万人民币，相当于现在多少钱呢？按物价上涨程度计算，应该在十万左右吧？我记得那时在中等城市下饭店，七八个人吃得像样点，也就花二百块钱左右；在县城里下饭店，一百多块钱就能吃得非常好。那么平均一人一年花费过万，甚至几万，该是怎样的山吃海喝呢！"茅台""五粮液""红塔山""中华"，这些在外国人面前给中国人挣足了面子的名牌烟酒，很多吃皇粮的人也用来给自己挣足了面子吧？不然一人一年数以万计的吃喝花费怎么花呢？全国一年吃掉一千多亿又都是怎么花掉的呢？

唐老，你对这种不良现象是深恶痛绝的。翻开《唐乐群杂文集》就会知道，你在写于1995年6月的《嘴巴猛于虎》这篇文章中，曾有过何等尖锐的批评：

"公吃范围之广、对象之多、耗资之巨、禁止之难，皆非虎所能及。君不见，神州大地，东西南北，春夏秋冬，党政机关，企业事业，不吃者鲜……天上飞的，地上跑的，水里游的，土里长的，生猛鲜活，珍禽异兽，无所不吃……耗资年逾千亿，此款可用百元大票垒成一道1米高33公里长的钱墙，可办奥运会两次，可修一座长江三峡大坝，拿出三分之一可解决八千万贫困人口的温饱问题，拿出十分之一可解决全国教育经费严重不足的问题……如此损害党和政府的形象，破坏党群干群关系，败坏社会风气。广大干部群众必欲除之而后快。"

还有一笔账你没有算，唐老，当时咱们国家还没有航空母舰，1000亿如果用来造航空母舰的话，至少可以造一支舰队，包括60架各型号舰载机、4艘052D、4艘054A、2艘093A潜艇、1艘001A航母和1艘4万吨级快速战斗支援舰在内。十余年大吃大喝，就是吃掉、喝掉了十几艘"航空母舰"啊。

没有人像你一样对此心生愤恨吗？有。一般群众不说，单就很多领导干部也是大会小会不断批评的。只是批别人时满嘴飞刀不留情面，但在背后，他比别人还能吃，还能喝。用公款吃喝是需要权力的，没有权力的人他想吃想喝不也是白想吗？

公款吃喝就如"王致和"臭豆腐，谁闻着都说臭，人人吃起来都感觉香，且像抽大烟一样容易上瘾。所以，真正做到像你一样表里如一，批评别人，自己首先很干净的人，在当年是较为少见的。甚至可以说，你的干净让某些人不自在，甚至仇视你。因为你好比一面照妖镜，心里有鬼的人不敢靠近你。

从山东省劳动厅退休的牛耀宗老人，曾任临沂地委副书记，与你在临沂有过四年的相处时光。在他的印象中，你不仅吃吃喝喝的事不沾边，其他任何牵扯牟取私利的事，都与你无关。甚至是该你得到的你也不得，该你享受的你也不享受。当时的经济条件虽然不是很好，但是地委、行署领导班子成员都配有公务用车，不论公事还是私事，可以随便使用。但是你，不仅私事从来不用，公事你也很少使用。他看到的你，平时上下班都是徒步而行，出外办事大多都是一辆破旧的自行车。

你在上任临沂地区行署副专员之初，给临沂地区的教育办了一件功在千秋的大事，那就是摸清了整个临沂地区农村中小学危房占18%，黑屋子、土台子、石板凳占92%，然后给中共临沂地委递交了一份详细的调查报告，提出了群策群力集资办学，完成农村中小学"大门、院墙、教室、课桌、操场、厕所"六配套的建议。地委通过讨论、研究，采纳了你的建议，并列为四项重要工作之一，从而引发了一场革命性的校改。短短半年多时间，全地区中小学危房得到了改建，黑屋子、土台子、石板凳全部得到了更换。蒙山脚下垛庄村一位年过八旬的老大爷感慨万千，当年他对记者说："旧社会，志士仁人建学堂，人们为之树碑，现在共产党的各级领导抓校改，功劳不是刻在碑上，而是铭刻在咱老百姓的心里啊。"

然而有谁知道，为了办好这件大事，数九寒天，你和一名工作人员是骑着自行车跑遍了费县、苍山、平邑、蒙阴、沂南、沂水、沂源等县的 30 多个乡村小学，才获得了确切真实的调研结果的呢？

在长时间的调研过程中，你们住过的最好住处，就是乡镇简陋的招待所。那里连被罩床单都是一周才换一次，屋里没有取暖设备，墙壁上到处都是一片片的结霜或污渍。有的招待所因为很少有人去住，连热水都不供应，洗脸水都得自己到院子内的井里去打。即使这样，你也还是觉得住招待所浪费，更多的时候是住在不花钱的乡村小学或山村老乡家里。有床睡床，没床睡课桌，或者打地铺。而吃饭大多和乡村小学里的教师们一起搭伙，每顿饭都按实际饭菜价格给他们支付饭费。再不然就到老百姓家中买一些他们的煎饼、咸菜，路上饿了就啃几口。好几次有村干部得知你是上边下来的领导，或有见过你的学生家长认出了你，非要拉你们到家里吃口热乎饭，喝口白开水，你都一一谢绝了。有好心的农村大爷把热水送到你们身边，你接受了，但一定会给老大爷一毛钱，作为老人家的柴火钱。

说不准那是多久，你们踏着积雪，迎着寒风，在沂蒙山区一条条蜿蜒曲折的山路上留下了难以计数的脚印，也洒落了无尽的汗水。最终你写下了整整三大本调查手记。这才有了中小学校改"六配套"的成功实施。而你们的所有消费，加起来也没超过一百块钱。

这与 2011 年感动中国十大人物之一的杨善洲是何其相似啊。

1982 年，作为保山地委书记的杨善洲到施甸县了解情况，司机把他送到保场公社，他就下车戴上一顶草帽走了。一去就是四五天，独自一人走到老百姓中间，与老农聊天，与基层干部谈心，甚至一边帮农民干活一边了解情况。每天到了吃饭时间，就随地找户老百姓与人家一起喝粥、啃棒子，吃完了给人家留下钱和粮票；到了晚间就找个

上任临沂行署副专员之初，唐乐群（左一）与秘书骑着自行车对全地区的农村教育情况进行了考察。

年岁大的老人住在一起，临走也要给人家放下一两块钱的住宿费。司机不知道他去了哪儿，那时候也没有手机可以联系，一连找了好多地方，最后在一个叫木元的公社驻地才接上了他。此时，他已经徒步跑了好几个公社了。

隔着时空我想与你对话，你如杨善洲这般下去调研，不觉得苦吗？我猜你一定会回答，苦么？解放几十年了，老区的孩子们还坐在冰冷的石板凳上读书，在透风漏雨的屋子里学习，冬天里一个个小手冻得又红又肿，很多孩子都起了冻疮，我看了，好几次直想掉眼泪啊，下去跑跑，无非就是走路累点，住得差点，吃得差点，就苦了吗？如果这也叫苦，那我们怎么对得起老区的孩子们？他们可都是为革命做出过巨大贡献的沂蒙人民的后代啊！

可是放在今天，还有谁愿意这么干呢？当然，社会发展到今天，连普通百姓出门都开着轿车、饿了就去餐馆的时代，我们不能要求领导干部再骑自行车出去搞调研，再喝着山泉水啃着煎饼为人民工作，那样太艰苦，效率太低，也与时代的节拍不符。但就是坐着轿车下去，在中央出台"八项规定"之前，有些干部不也得下边人迎接到边界，调研时前呼后拥陪同，吃饭时山珍海味一桌吗？对于个别领导干部来说，干事是干事，他也会用心用力地干事，吃苦耐劳地干事，尽职尽责地干事。但是该有的排场还是必须要有的，不然他就觉得自己的级别无用，脸面无处安放。

当时还有一种非常不好的风气，就是给上边来人送纪念品。

实际上，这种风气早在你所处的 20 世纪 80 年代就已经存在了。所以不管你到下边视察还是开会、调研，临走总会收到大包小包的纪念品。放到 2000 年以后，所送的纪念品必定值点银子，否则如何对得起上级来人？但在你那个时候，所谓的纪念品顶多是些当地的土特产，比如大枣、花生、苹果、栗子之类，有的还送土鸡蛋、小米、绿豆、花生油。这对一般领导干部来说是再正常不过的事，风气嘛，就是大家习以为常，也都乐于接受的行为。所以给就拿着，过后也便忘得一干二净了。但是你，唐老，却从来没有这个习惯。不管走到哪，不管何人给纪念品，哪怕就是几斤带皮的花生，你也坚决拒绝。

这让很多人不理解，甚至连给你开车的司机都对你产生了误解，认为你不近人情，假装清高。但你依然故我，从未改变。

在沂水县第二高级中学担任过多年校长的党克明先生，与你有着深厚的同事情谊，在你担任临沂地区行署副专员时，他曾去看望你。你对他非常热情，没有因为自己的职位高了就不见他，或是在他面前摆架子、拿腔调。你在家里请他吃了饭、喝了酒，还要请他看电影。他以为看电影这样的小事一定会有秘书替你事先做好安排，他只管跟着去看就行了。结果到了影院他才知道，这场电影是你亲自排队并自掏腰包购买的电影票。几十年后的今天，党克明先生还跟我感叹：一个副专员，副厅级领导干部，能做到如此自律，真是太少见，太少见了。

你在调任山东农业机械化学院、也就是后来的山东工程学院副院长后，分管财务和人事工作。按照一般人的看法，这是很有油水的差使，因为你有这份权力，最起码有足够的便利招待自己的亲朋好友。而且花钱多少，不会有人提出非议。但你在任十年，竟然没用一分公款搞过私人招待。据王守琨先生说，他和几位同学曾多次到学院看望你，每一次你都在家里招待。晚上住宿，也是你自己掏钱安排宾馆，从不花公家一分钱。

这真是一种奇迹啊。

面对这种奇迹，假如春秋时期的齐国第一相管仲还活着，不知他会作何感想？管仲本是颍上人，早年经商失败，后在政治上起家于临淄，是辅佐齐桓公成为春秋五霸之首的重要功臣。讲智慧、讲能力，当时可与之匹敌者无几。可是翻阅历史资料你会发现，这个千古名相治理起国家来一人能顶千万人，但他拒腐的能力却弱得不如现在一个有良知的副乡长。或者说他不是没有拒腐的能力，是他从来就没想过拒腐。住豪宅、乘豪车、养小妾、享美食，甚至宴客的标准都和齐桓公平起平坐。他为什么会这么干？也敢这么干呢？不就是当时的风气使然吗？

头些年，确切点说也是在中央"八项规定"出台之前，教育界的风气曾经饱受百姓诟病。很多地方的教师课堂上不给学生用心授课，放了学要求学生到他家里补课，然后他收高额补课费。深受孔孟思想浸染的山东，情况在全国是最好的。最起码在沂水，我没听说有老师要求学生到家里补课，他收补课费的，因为我的孩子在这里从小学读到高中，从未遇到过这种情况，也没听到家长们议论过这种情况。但在东北，我一位战友在回沂水探亲时跟我诉苦，说他一年的工资大多都用在了给孩子补课上，按小时收费，一小时高达一百多。他孩子的一位老师给学生们补了两年课，就花二百多万买了一套大房子。

有些风气存在久了，就成了人人认可的"习俗"。在这种"习俗"中，除了你，唐老，除了你们那一代深受党的培养教育的为官者，没有几个人能抗拒。历史上的管仲不能抗拒，某些现代官员更抗拒不了。我这么说可能会让一些为官者心里不舒服，觉得我赞扬了你，却一棍子打了很多人。毕竟在当今时代，特别是党中央的"八项规定"出台以后，清正廉洁的好干部还是占了绝大多数的，敢于抵御不良风气者也是占了大多数的。但是像你这样做到极致又极致的人，我敢说绝对的凤毛麟角。而且在好干部之外，还有个别不好的干部，我们回避或者不愿承认，它依然存在，不然，党中央也就不用强力反腐，也就不用下决心"老虎""苍蝇"一起打了。

10

原山东工程学院党委书记张福信老人，与你相处了二十余年。他对你的感情之深，从采访时一提你他就哽咽落泪，可见一斑。

他告诉我，你刚到山东农业机械化学院上任的时候，办公条件很差，不仅没有单独的办公室，还是和一位副院长同在一个不到十平方米的房间办公。那间办公室与你在沂水一中时住的宿舍一样，对着一处公共厕所。可以想见，那来来往往上厕所的人袭扰你的安静不说，厕所里发出的臊臭时常飘进房间，也不是谁都可以承受的。但是你，毫无怨言。山东农业机械化学院改为山东工程学院后，办公条件有所改善，院里的主要领导想给你调换宽敞明亮的单独办公室，你没有同意。在你看来，办公条件的好坏，决定不了办公的效率。只要心中热爱本职工作，在哪里办公都无关紧要。对着厕所算什么？当年共产党打天下，革命家们经常在野外办公，不也一样取得了抗日战争的最后胜利，不也一样打败了国民党蒋介石吗？

张福信老人还告诉我，在你的办公桌上总是放着两沓信封和稿纸，一沓是公家的，一沓是你自己的。你爱好写作，写文学稿件的时候，你用自己的稿纸，往外投寄也用自己的信封。给公家写东西或往外投递时，你就用公家的稿纸和信封。公私从来都是异常分明的。

唐东远说，你从临沂搬往淄博时，所有临沂行署给你配备的家具你都一件一件地清点清楚，然后让管理部门的同志打价，你交钱办理手续后，才拉走的，除此之外，属于公家的一根线头你也不允许带走。

　　关于这次搬家，曾任临沂市委组织部副部长兼人事局局长、编办主任的许德福先生在接受我的采访时回忆，地区行署当时是要派一位领导干部带着专车送你到淄博的，这样不只体现组织对你的感情，也于临沂地区行署与山东农业机械化学院在干部调动交接层面上好看。但是你坚决拒绝了。你说，我就几箱子书和几样家具嘛，组织上派一辆皮卡车，后面装东西，前面坐人，就可以了，为什么非得派人派专车搞得那么隆重呢？既浪费又违反组织纪律嘛！最后，还是一位领导干部以私人感情借用亲戚的小车送你，你才勉强接受了。

　　唐东远还告诉我，从参加工作到施行医疗保险政策之前那些年，你一分钱的医药费也没有报销过。你的身体一直不好，胃病、冠心病、高血压，每年需要吃大量的药来维持。但是你从不报销，看病买药的单据拿回家就撕成碎片扔进了门后的垃圾筐。在你看来，党和人民已经发给你工资了，这份工资就已经包含了看病吃药的钱，不应该再让党和人民给你报销。

　　这种做法与在抗战时期创建了沂蒙供销合作社的沂水县诸葛镇上华庄村老人靳玉翰是一样的。靳玉翰在中华人民共和国成立后曾担任沂水专社主任、临沂专社副主任、临沂专署商业局副局长、专社主任、中共临沂地委委员等职。1964年离休后，他回华庄老家贴上自己的离休金带领乡亲们绿化荒山、修建水渠。即使这样，他仍觉得自己每月一百多块钱的工资太高，给尚不富裕的国家增添了负担，所以曾写信给在沂水县供销社工作的二儿子靳俊彦，让靳俊彦帮他到组织上反映一下，看看能否把他的工资降一降。应该全额报销的医药费，他也从来不报，所有的药费单据，全都撕毁或烧掉。离休后报销的唯一一次医药费，是靳俊彦回家看望他时，偶然发现三屉桌上有一张80元钱的药费单据，便悄悄拿到县里给他报的。报完后自己又贴上5元钱，在他的责骂下给他买了一部收音机。因为靳俊彦知道父亲关心国家大事，喜欢听新闻，家里的广播喇叭声儿太小，父亲上了年纪耳朵有点聋，听不清楚。

你和靳玉翰的做法，让我想起了你在杂文《清官"迂事"拾趣》中讲到的三个故事：

东汉末年，河北巨鹿人时苗被曹操任命为淮南寿春县令，上任时他乘坐一辆自家的牛车而来，一年后，拉车的母牛生下了一只牛犊。等到时苗卸任时，手下人都说：牲畜是不认识父亲的，应该跟着母亲走。以此劝他将牛犊带走。但是他却说，这怎么可以呢？此牛犊是来到淮南以后所生，理应属于淮南的百姓才对。然后留下牛犊而去。

米芾是我国著名的书法家和文学家，同时他也是北宋时期一位受人崇敬的清官廉吏。北宋绍圣四年，米芾出任江苏安东县知县，主政两年，多有惠政。期满离任时，再三叮嘱家人："凡公之物，不论贵贱，一律留下，不得带走"，并亲自逐一检点行李，生怕家人暗自夹带。当发现自己常用的一支毛笔上还沾有公家的墨汁时，便让家人赶紧洗净，这才离开县衙。

宋人周紫芝在其著作《竹坡诗话》中记载了这样一个故事，有一位姓李的京兆尹，某天夜里正在秉烛办公，忽有仆人送来一封家书，他急忙熄灭公家蜡烛，点燃自家蜡烛看家书，待看完家书后，才吹灭自家蜡烛，重新点燃公家蜡烛办公。

这三位历史上的清官之作为，与你和靳玉翰何其相像啊。

在你儿子唐东远的印象中，你无论担任临沂地区行署副专员，还是担任工程学院副院长，一直配有专用的公务用车。但是他这个当儿子的，别说坐坐你的车，就是见也从来没有见过。

1990年春节，东远和妻子带着孩子从临沂到淄博看望你和他妈妈。往回走的时候天气寒冷，雪花纷飞。他多么希望你能用公务车把他们一家三口送回临沂啊，或者送到淄博汽车站也行。因为孩子当时太小了，才七个月大。一旦挨冻感冒，妻子会跟他急眼的。他也不好跟妻子解释你不派车的理由。

可他在你面前犹豫了好久，终是没敢跟你开口。

为了赶上唯一的一辆早班车，也为了掐准时间少让孩子挨冻，东远头天下午就跑了一趟车站，用脚步测量了一下从你们的住处到车站的距离和时间。第二天早晨三点半，他和妻子便起床，把孩子从睡梦中摇醒，抱着她，冒着漫天大雪往车站赶。让他至今想起来仍然颇为感动的是，仅仅七个月的孩子，一路上竟然没有一声哭泣，仿佛她已懂得父母的苦衷，更能理解你这个爷爷的廉洁。

在这里，我想说一段杨善洲不用公车的故事。因为作为共产党的领导干部，你们有许多共通之处。

有一年，担任保山地委书记的杨善洲回老家大柳水村接二女儿杨惠兰去保山上初中。早晨天不亮，他就把小惠兰叫起来去车站坐车，惠兰说，爸，你不是有辆小轿车吗？为什么要去车站坐车？杨善洲说，那辆小轿车不是爸爸的，是国家配给爸爸干工作用的，我接你去上学是私事，不能用那辆公车。父女俩便背着沉重的行李从大柳水村出发了。走到姚关镇，赶上下雨，杨善洲领着惠兰找个角落躲躲雨，继续前行。姚关镇的党委书记发现了父女俩，便给施甸县委办公室一位副主任打了电话，说杨书记在姚关呢，看样子是回保山，我是不敢派车送他的，你抓紧弄辆车想法送送他吧，别让雨把他淋病了。杨善洲曾在施甸县担任过县委书记，很多人对他感情深厚。这位副主任听说老书记竟然徒步赶路，眼眶立刻湿润了。马上就近调辆车赶到姚关，谎称顺路把杨善洲父女俩拉到了施甸县城。但是司机要把他们送到保山时，杨善洲却坚决拒绝，父女俩坐上长途车，在几个小时的颠簸中去了保山。

或许有人不能理解杨善洲的这一做法，就像有人不能理解你的做法一样。

你的一位亲戚，姓付，叫什么名字，与你有着怎样的亲戚关联，我在这里就隐匿了。我只说，你在临沂担任行署副专员时，他也在临沂做生意，对你十分敬重，也颇有情义，每到逢年过节就提着礼物到家里看望你和老伴。有一次他回寿光老家接老人来临沂，尚无私家车的他为了撑撑门面，让人感觉他有实力有靠山，就找到你老伴，想通过老太太借你的车一用。但是你老伴知道你的做事原则，没用请示你，直接就回绝了。她告诉这位姓付的亲戚，老唐的车是工作用的，他自己平时都很少用，怎么可能随便借给别人用呢？你还是另寻别的门路借去吧。这位亲戚感觉极没面子，扬长而去，恼恨不已，从此再不登门。但你并不觉得老伴的做法有什么不妥，反倒大加赞扬。

党克明先生还讲了一段你在沂水一中时的故事。他说你这个人原则性特别强，特别对上级领导，你更是讲原则讲到了不近人情的程度。有一年，时任中共沂水县委书记高昌礼，因孩子中考分数不够又很想到一中上学，做事一向很清正的他扭不过孩子的央求，便让秘书带着孩子到一中找你，看看你能否破个例给予关照。秘书本以为你会一口答应的，毕竟是县委书记的孩子嘛，你再讲原则，这么点小事你还能不给面子吗？没想到你一口拒绝，一点商量的余地都没有。因为你不想开这个口子，如果县委书记的孩子考分不够也上好学校，那么规定

纪录片《清曜四韵》剧照

大雪飘飞的凌晨，唐东远和妻子抱着孩子向车站赶去。

是给谁定的？是给无职无权的普通老百姓定的吗？既然政策规定以考分论英雄，那就一视同仁，谁也不能搞特殊，否则对老百姓不公平，也没法跟老百姓交代！

高昌礼书记得知情况后，没有任何不快，反对秘书说，这个人就是这样，我们得理解他。当初选拔他到一中当校长，除了看中他的业务能力，也是看中他的这份耿直和无私。不让孩子去就不让去吧，这对孩子来说未必就是坏事。

你在担任临沂地区行署副专员后，因为分管教育，地委有位领导干部的孩子想到地区教育局工作。他知道你的脾气，所以降低身价亲自到你办公室找你，想的是这样一来你肯定不会驳他面子。但没想到，他话一出口，你同样一口回绝，不留半点情面。你说，领导干部的孩子没这个位置肯定会有饭吃，老百姓的孩子要没这个位置就会挨饿。我不能为了照顾领导干部的面子，让老百姓的孩子缺位置，没饭吃，挨饿！

唐东远说，他中专毕业以后，本来正常分配到省直机关工作的，但是作为爸爸的你坚决不同意，因为你当领导，你怕人家误解是通过关系上去的。后来，地委组织部一位同志找你商量，想让东远到地委机关上班，一方面东远有很强的文字功底，善写文章，适合进机关干文秘工作，机关里正缺这样的人手。另一方面，在机关工作，离你近，也方便照顾你这个父亲。但是你坚决没有同意，理由仍然是不能让别人误以为你以权谋私。

对此，唐东远曾经非常生气，因为凡事你不管不问不帮忙也就算了，怎么可以在他凭着自己的能力和本事往上走的时候，你还要把他往下拉呢？这是一个亲生父亲应该做的吗？你连基本的舐犊之情都没有吗？即使没有，你也不能为了维护自己的声誉就不惜牺牲自己孩子的前程啊，要知道很多机会失去了就不可能再现啊，你这样做不是很自私吗！

最后，唐东远被分配到一家省直企业当了统计员。几年后，你调离临沂去了淄博，他才通过统一的公务员考试，成为了一名纪检监察干部。此后许多年，或者说一直到今天，他的每一次进步，都是依靠自己的艰苦努力得来的，从未得到你这个领导父亲的一丝荫庇和关照。

唐长华是你长子唐东义的女儿，你的亲孙女，这位山东理工大学的副教授，在写作方面继承了你的天赋，善写文学评论，曾发表过许多颇有影响力的文艺理论文章，也出版过《张炜小说研究》等大部头的专著，获得了第四届泰山文学奖。有些少白头的她给我的印象极其和善，没有一点某些高校知识分子的清高和自负，这大概与你的血脉遗传和品格影响有关。采访中，她轻言慢语，深情地表达了对你这个爷爷的无限崇敬和怀念。说到动情处，她甚至泪眼婆娑，哽咽难语。她告诉我，她从寿光师范学校毕业后，奶奶想把她留在身边照顾你们老两口，就打算让她在当时的山东工程学院就业。但是，老太太根本不敢跟你说，因为她知道你是万万不会同意的，所以愁得她很长时间彻夜难眠，辗转反侧。后来，学院的一位副院长知道了这件事，背着你找学院的主要领导，说明你和老伴年事已高，又身体多病，需要有人在跟前照顾，长华的能力水平也很高，为人与你一样也是非常低调谦虚，这才把长华悄悄接收下来，分配到相关部门从事资料员工作。此事被你知道后，你非常生气，非要找院领导把长华辞掉不可，是老伴苦苦哀求，你才作罢的。这也是你自担任领导职务几十年来，唯一一次愧对组织之事。

你的外孙女吴萍，是你二女儿唐东秀的孩子，毕业于山东理工大学。但是在校四年，虽然也在周末时去你家里让姥姥给改善伙食，却无人知道她是你唐副院长的外孙女。毕业之后，吴萍不敢指望你给她出面安排工作，她怕你说出"农村是广阔天地，大有作为"的话让她回寿光老家。东义的儿子长林也是理工大学毕业的，他不就回寿光老家在乡镇信用社工作吗？还有一个例子，当年你在临沂地区行署任副专员时，一位亲戚的孩子高中毕业想求你给他安排个临时工，你的答复就是："农村是广阔天地，大有作为，回家好好学种庄稼吧，国家的农业发展需要知识型的农民。"此时是 20 世纪 80 年代中期，年轻的农民进城务工已是趋势，安排个临时工对你来说不过是举手之劳，你却让他回家种地，可见你是多么不愿意利用职权给自己的亲戚办事。吴萍如果找你，她自然是害怕你也这么说的，所以她不敢找你。于是在向很多地方投了自己的求职简历没有消息后，打听到潍坊那边有几家单位招聘，便独自一人去了潍坊。但是，潍坊对吴萍来说是一个人生地不熟的所在，举目无亲，两眼漆黑。她在一家宾馆里住了数日，跑了四五家单位，竟然没有一家可以给她一只饭碗。吴萍很是沮丧和失望，就给寿光乡下的妈妈打电话，哭着埋怨你这个当姥爷的没有人情味，对她不管不问。她妈妈也哭，但却无法给女儿指明方向，也不敢求你。只能劝女儿先回乡下老家休息一段时间，等秋凉以后再出去寻找机会。吴萍心急如焚，烦躁不已，自然听不进妈妈的话，于是发脾气抢白了妈妈几句，然后把电话粗暴地挂掉，跑回房间哭去了。

我能体会吴萍那时的心情。一个女孩子，又是刚刚走出校园，涉世不深，没有经过一定历练，尚不明白社会上各种无形规则，也不懂得与人周旋，在遇到挫折的时候，除了跟自己最亲的人发脾气，她还能怎么样呢？

幸亏淄博某职业学校的徐校长给吴萍解决了困难，否则吴萍的工作或许还要费上一番周折。这位徐校长是位女强人，为人豪爽，乐于助人。她带人去潍坊本是宣传招生的，赶巧住在吴萍下榻的宾馆。傍晚准备散步时，二人在大堂偶遇，彼此感觉对方有点面熟，像在哪里见过，素来对人颇有礼貌的吴萍便主动给对方一个微笑，叫了一声"阿姨"，问了一声"您好"。徐校长也回一个微笑，说你好小姑娘，你是从淄博来的吧？吴萍说是啊阿姨，您怎么知道？徐校长说，我不仅知道你是从淄博来的，还猜你可能是山东理工大学毕业的学生呢。因为我家就在理工大学，忘记了什么时候，我见过你，脑里子有印象。吴萍兴奋不已，拉着徐校长到一边坐下聊了起来。这一聊，吴萍知道了徐校长的爱人是山东理工大学的一位副校长，和姥爷是同事。徐校长知道了吴萍目前遇到的窘境，知道了大名鼎鼎的唐乐群副院长是吴萍的亲姥爷，二人的感情霎时间拉近了许多。恰好徐校长的学校需要教师，便对吴萍说，你去我那儿吧，工作的事我包了！

唐老，这个时候，你已经从山东工程学院副院长的位子上退休六年有余。2001年山东工程学院与淄博学院合并后，更名山东理工大学，人事调整较大，与你已经没有多大关系。对于这位徐校长来说，你的大名她早就知道，也因为丈夫与你是同事的缘故，她在理工大学自然也曾多次与你相遇，但却跟你没有正面接触，更无任何来往。从世俗的角度说，你于她没有任何可用之处。她现在所处的位置，也无须用到你。她之所以热心地把吴萍安排到她的学校工作，完全出于对吴萍的喜爱与同情。如果说是你起了什么作用的话，那这个作用不是你的职位和权力，而是你的人格魅力。徐校长对你这个正直而清廉的老领导非常敬重，在为人做官的旅途上，她一直默默地以你为榜样。

唐长华在谈到徐校长给吴萍安排工作时，动情地说了两个字：感动。还说，这都是爷爷的崇高品格感召的。我想，长华说得对，这真是你的崇高品格感召的。但我更想问你，不管是不是你的崇高品格感召的，你知道了这件事会怎么想呢？应该也和长华一样感动吧。因为你也是人。你也有着人的正常情感，你也心疼自己的外孙女，有人替你帮了她，你怎么可能不感动呢。况且通过一定的个人能力帮助他人，未必就是不正之风。你当年在沂水一中当校长的时候，不是也通过自己的影响，帮一对两地相望的小情侣搞过调动吗？在临沂任行署副专员的时候，不也帮助一位从部队转业的干部安排过工作吗？成人之美的事你也是非常愿意干的，只是不想为了自己的亲人动用权力，更不愿意为了亲人徇私罢了。就如杨善洲一样。

杨善洲担任县委书记、地委书记期间，不知给多少人安排过工作，也提拔过多少干部，但他从不愿意给自己的亲人提供一丝方便。

那一年，保山地区中专招生，杨善洲的小女儿杨惠琴考试落榜，假如杨善洲打个电话，或是让秘书代他打个电话，杨惠琴想上学应该是件很简单的事情。在有些人眼里，政策是政策，总有对策能够对付政策。只有脑袋不转弯的领导，没有对付不了的政策。可是杨善洲却让杨惠琴明年再考。当小女儿问他如果明年再落榜，爸爸能不能帮她安排一份工作时，杨善洲的回答是：不能，爸爸没这个权力，你必须依靠自己！

送二女儿杨惠兰到保山读初中的时候，身为地委书记的他像一个老农一样领着女儿走进学校，竟然没和学校的任何人打招呼，也没带任何人替他跑前跑后。他默默地去给女儿办理入学手续，默默地到女儿的宿舍给她收拾床铺，整个过程学校里没有一个人认出他是地委书记。他在这里忙碌了一个上午，像所有来送孩子上学的家长一样普通，普通得如同一片不起眼的树叶。临走，也只有女儿依依不舍地把他送到大门口。

你与杨善洲，就是彼此的影子。

你们那一代领导干部，或者说包括你们在内的之前之后的许多领导干部，上上下下都是这样的。我在为基层党员干部举办的红色文化讲座上多次说，中国共产党建立新中国后，就是靠了你们这些有着一身清风正气、忠诚可靠又扎实肯干的中流砥柱，才得以江山稳固，人民拥护的，否则不会走到辉煌的今天。

1980 年 10 月，时任中共中央总书记的胡耀邦同志到保山考察，人到保山地委时，杨善洲却在农田里正和农民插秧。地委派人把杨善洲叫回来，胡耀邦同志握着他那双粗糙的大手感慨不已，对旁边的同志说："像这样朴实的地委书记，真是不多见啊。他的这双手让我感知了一切……"告别保山时，胡耀邦同志有意识地再次紧紧地握了握杨善洲那双满是老茧且皲裂的手，动情地说："保山的工作开展得很扎实，让我看到了希望……"

或许，胡耀邦同志所说的看到了希望，不只是在说保山的工作，还在说我们整个国家有杨善洲这样的领导干部，让他看到了改革开放的中国充满了希望吧。读到这段资料时，我的内心波澜起伏，感动不已，因为你也在杨善洲这样的干部之列啊。

1996 年 10 月，工作了 38 年之久的你没有任何失落地走下了领导岗位。此后到你离世的 12 年间，你的清风正气，仍然通过你的一言一行，以及六百多篇诸如《"捧"令智昏》《说假话种种》《析"收礼不受贿"》《公仆何需"护官符"》《莫把"上帝"分等级》《贪官恶胆从何而来》《莫以权术搞学术》等等发表在《人民日报》《大众日报》《老年之友》《杂文报》《联合日报》《中国老年报》等全国各类报刊上的富有高尚情操、批判精神和深刻思想的文章，不断地向外传递着、传递着……

第二章

清惠

萎木每因春意萌，惠风雨露两浓浓。

高洁不为参天报，但向人间注好风。

——农民诗人徐元祥

1

我很想和你一起回到 1964 年的那个深秋。

1964 年的那个深秋，对于我们国家来说最大的事情是原子弹在罗布泊实验基地爆炸成功了。这标志着长期被西方霸权藐视的中国有了自己的核武器，从此打破了少数超级大国的核垄断与核讹诈。所以每一个中国人从广播里听到这个消息都激动不已，奔走相告。沂蒙山区一位叫王保胜的特等残废军人，甚至与自己的大儿子王庆文抱头大哭。因为他从参加东北抗联到回山东参加八路军，14 年抗战他与敌人作战几百次，为的就是中华民族不受欺辱，独立自主。而今中国终于在国际上有了可以抗衡强敌的资本，也提升了国际地位，他怎能不喜极而泣呢？

而对于沂水县杨庄公社孟母大队一个叫张纯菊的美丽女孩来说，她可能并不知道原子弹爆炸成功的事，因为她们家当时还没有广播喇叭。即便知道了，她也无法真正从深层意义上理解原子弹对我们国家的重要意义。这个秋天对她来说，最大的事情，是收到了一张署名"人民教师"的 20 元钱汇款单。

此时，正读中学的张纯菊患急性肝炎在家休学。当时，家里拿不出一分钱让她住院医治。传说孟子的母亲埋葬于此，且有一座几百年的孟母庙，而取名孟母的这个村庄，千百年来一直有着不吃不喝也要把子孙后代培养成才的良好传统，所以不管家里多么艰难，张纯菊的父母都让女儿读书上学，期盼从小就漂亮懂事的女儿成为女中之凤。而今女儿病了，所有前途眼看毁于一旦，父母却愁绪难平，无计可施。母亲因父亲出去几趟借不来钱而不停地与父亲争吵，不停地埋怨父亲无能。张纯菊亲眼看到父亲在盛怒之下几次摔东西，甚至把自己心爱的烟袋也摔坏了。倔强而自尊的张纯菊内心悲凉不已，也绝望不堪，她哭着恳求父母不要再作无谓的吵闹，她愿意放弃治疗，自生自灭，不给父母增添任何负担。

父母戛然无语。但是从不轻易落泪的父亲却跑出院门，蹲在老柿树下双手捂脸浑身颤抖，随着一声悲凉的呜号，泪水从指缝间倾泻而出，他哭喊着："老天爷呀，让我死吧，我没本事，我对不住自己的孩子！"

这仿佛宣告了张纯菊再也无法挽回的悲惨命运，一家人瞬间崩溃，哭声一片。

也恰恰就在此时，大队的高音喇叭里传来了吆喝声，让张纯菊到大队部去拿汇款单。这突如其来的好事让张纯菊感觉做梦一般，她把汇款单取回来和父母一遍遍地看着，一遍遍地彼此询问这是真的吗？当认定一切千真万确时，哭声又一次在破旧的院落里响了起来。这一次当然是为感动而哭，为看到了希望而哭。

可这20元钱究竟是哪位好心人汇来的呢？为什么署名"人民教师"？难道他做了好事还害怕被人知道吗？

聪明的张纯菊研究了一下汇款单上的邮戳，发现汇款地点是高桥人民公社，便想到可能是她上学的沂水五中里，哪位知道她病情的善良老师汇来的，于是，便拿着汇款单跑到学校，找班主任刘涛，找校长尹竹亭，寻找这位重新点燃她生命希望的老师。

但是，班主任和校长都不知道是谁，也没有一个老师认账。倒是尹竹亭校长知道了张纯菊的家庭情况后，从学校又给她批了 20 块钱的救助款，这样，张纯菊便有了 40 元钱可以治她的病了。

张纯菊怀揣汇款单和学校给的救助款走在回家的路上，她再一次泪流满面，无法自已。这天夜里，习惯写日记的她趴在床上写下了这样一段发自肺腑的话："有党在，就有我的生命在。共产党领导的社会真好！"

2

1962 年 8 月 15 日，出身于湖南长沙一个贫苦农民家庭的解放军战士雷锋，在辽宁抚顺的军营中因公牺牲，年仅 22 岁。

7 个月后的 1963 年 2 月 22 日，远在北京的共和国领袖毛泽东看了雷锋的事迹之后深受感动，联想到在战争年代他曾亲自撰文树起的两位革命榜样白求恩、张思德，思考应该有一位从实际工作和日常细微入手，忠于党，忠于人民，大公无私，信念坚定，有远大的共产主义理想的新榜样引导和教育全国人民，特别是青少年一代，而雷锋恰恰符合了这一需要，于是，他欣然接受《中国青年》杂志社的邀请，亲笔题词："向雷锋同志学习。"3 月 2 日，《中国青年》杂志 5、6 期合刊，以"学雷锋专辑"的形式出版，在显要位置发表了毛主席的题词，同时还发表了周恩来总理的题词："雷锋同志是人民的好儿子，毛主席的好战士。"3月5日，《人民日报》《光明日报》《解放军》《中国青年报》同时在头版显著位置发表了毛主席的这一题词手迹，紧接着也发表了周恩来、刘少奇、朱德、邓小平等党和国家其他领导人的题词。同样是3月5日下午，一首由洪源作词、生茂作曲的歌曲《学习雷锋好榜样》便在红旗漫卷、人潮涌动的天安门前、金水桥畔，在手风琴雄壮高亢的伴奏下，由北京军区战友文工团的成员充满激情地唱响了：

　　　　学习雷锋好榜样

　　　　忠于革命忠于党

　　　　爱憎分明不忘本

　　　　立场坚定斗志强

　　　　立场坚定斗志强

　　　　学习雷锋好榜样

　　　　放到哪里哪里亮

　　　　愿做革命的螺丝钉

　　　　集体主义思想放光芒

　　　　集体主义思想放光芒

　　　　学习雷锋好榜样

　　　　艰苦朴素永不忘

　　　　克己为人是模范

共产主义品德多高尚

共产主义品德多高尚

学习雷锋好榜样

毛主席的教导记心上

紧紧握住手中枪

努力学习天天向上

努力学习天天向上

　　很快，这首歌便在九百六十万平方公里的中华大地上传唱开来，从工人到农民，从军人到学生，从党政干部到普通党员，每个人都学会了这首歌，每个人唱起这首歌的时候，内心都会涌动起灵魂被洗涤的明亮与欢畅。

　　而这首歌也是对毛泽东"向雷锋同志学习"这一伟大题词的最好诠释。它用最朴实无华的歌词，最优美上口的旋律告诉人们，都要学做雷锋式的普通英雄。因为雷锋生前一直以一颗共产主义战士的善良而高尚的心，不断地自愿自觉地从最小的事情做起，实现着共产党人为人民服务的宗旨，被广大人民群众赞扬为"雷锋出差一千里，好事做了一火车"。

　　我出生于1966年的农历八月二十日，似乎是一到人间，耳朵里就听到了雷锋这个名字，似乎是一入学堂，眼睛里就看到了雷锋的故事，似乎是一穿上军装，脑子里就灌入了雷锋精神。雷锋作为中国新文化的特殊符号，作为共产主义战士的榜样，作为共产党人为人民服务的典型，已经渗透到骨子里，成了一种基因，永远地伴随着我的生命旅程。但是，我却在几十年里不知道有个叫唐乐群的你与雷锋有着共同的品格和情操。

也许我们可以说，早在雷锋作为全国党政军民学习的榜样出现之前，你就已经开始了雷锋式的人生旅程。

在你看来，一个人仅仅干好本职工作，对党和人民忠诚是不够的，还应该用自己最为朴素的善良之心和高尚情操，把爱和温暖持久地洒向人间，让人性的光芒照亮跌宕起伏的大地上那些生命的暗角。让新社会、新政权与旧社会、旧政权的区别，以温暖的方式渗透到每一个中国人的心中，只有这样，中国共产党为人民大众谋幸福的伟大初心与理想才能真正照进现实。

3

让时光再次跟随我的追寻倒流到你开始工作的1958年。

具体地说是1958年8月，你从第一天走上讲台开始，就自觉地开展起了"五同"。也就是与学生"同吃、同住、同学习、同活动、同提高"。这和当时部队提倡的官兵之间"同吃、同住、同操练、同劳动、同娱乐"是基本一致的，体现的都是共产党领导下的社会主义大家庭人人平等，有爱、有情、有温暖，起到密切官兵关系、师生关系的作用，也区别于旧时代的等级分明，尊卑有别。

但是，想做好"五同"，并非一件容易事。

你的学生、曾担任过沂水县交通局局长、沂水县人大常委会副主任的郝培学先生，是一位对沂水的交通事业贡献很大，且为人极好，深受大家尊重的老领导。采访中他跟我说，同学习、同活动、同提高，甚至同吃，都好办，最难的就是同住，因为学校当时的条件很差，学生宿舍冬天冻死人，夏天热死人，一般人是忍受不了的。

你当年的学生段新婷，对当时的情况也有自己的描述：夏天蚊子成群成群地往身上扑，用手随便一拍就能拍死好几个。冬天呢，冷风呼呼地往屋里灌，大家蒙着头睡也冻得浑身发抖，有时整夜整夜冻得睡不着。

其实冷和热，抑或是蚊子，对于吃惯了苦的你来说，是很容易克服的，不好克服的是男生宿舍里的污浊之气。

同样是你的学生，徐立成深有感触，他说："当时，学生的卫生意识差，没有天天洗脚的习惯。尤其是男生，更是成年累月难得洗回脚。这在冬天还好些，一到炎热的夏天，男生宿舍内便弥漫着刺鼻的臭脚丫子味，再加上大尿罐的臊臭味，有哪个老师能受得了呢？"

在徐立成先生的印象中，你是一个很爱干净的人。你的衣服不管多破，鞋子不管多旧，总是保持得干干净净，一尘不染。就是这样一个喜爱干净的人，从1958年8月中旬开始，以一种非常自然的状态，与一群男生睡起了大通铺。宿舍内臭气熏天，蚊蝇成群，你对此不仅不嫌弃，还借此机会教育学生讲究卫生，防止感染疾病。你带领他们打扫宿舍垃圾，清理床铺，换洗衣物，引导他们养成天天洗脚的好习惯。并将这一行动在班级中铺展开来，使女生们也一样受到影响，形成了人人讲卫生的良好氛围。

徐立成记得男生宿舍门口的那个尿罐，还是你给买的。开学后的一段时间是没有尿罐的，学生们夜里撒尿不敢跑远，就在宿舍门口尿，因此产生的臊臭味让人难以忍受。你与学生同住之后，就睡在宿舍门口第一个铺位，头一夜你几乎一夜未睡，一是蚊子太多咬得你睡不着，二是门口的臊臭味太大，熏得你几次产生呕吐感，但又怕影响学生休息而强忍着，结果一夜未眠。等工资发了之后，你马上给学生买了个大尿罐。

正是从给学生买尿罐开始，你的微薄工资，大部分不是用于自己的生活开支和照顾远在寿光的父亲、妻儿，而是用来照顾全班学生的生活和资助贫困学生。

几十年后的今天，你的学生们都还记得你在学校食堂给全班每人订一份热菜让他们改善生活的情景。那个时候几乎每个学生的家里都很窘困，学生们每周能从家里带几十个煎饼、几块咸菜就已经很不错了，有的甚至连煎饼咸菜也带不足，精打细算，定量而食，每顿只能吃个半饱，谁还敢奢望家里给钱在学校食堂吃碗热菜呢？而你发现了这一点，便担忧起学生们会因缺乏营养而影响身体健康，于是你每个中午给全班学生每人订一份热菜。尽管那时的学校食堂里只是白菜萝卜放点油盐，但是学生们仍然吃得非常香，而且吃出了充溢全身的温暖。而你用自己购买的理发工具亲自给学生们理发、教学生们理发时，学生们的内心则生发了给你做学生的自豪感、优越感。可你关怀学生的那颗心却未就此终止，此后的漫长岁月里，你还在不停地把自己滚烫的心捧给自己的学生。

宋文英是沂水五中八级一班的学生，在她的记忆中，刚入学的那年冬天特别寒冷，但是全班56个学生却没有一个人穿棉鞋。生活实在是太艰难了，如同没钱让孩子在学校里吃顿热菜一样，哪个家庭也没有能力给自己的孩子置办一双可以防寒的棉鞋。这样一来，如果下了课在院子里蹦蹦跳跳还好说，只要上课，学生们便坐在石板凳上冻得双脚直搓，叫苦不迭。很多学生甚至脚生冻疮，淌脓流血。你看在眼里，疼在心头，于是自己掏钱，到高桥集上给每个学生花二角五分钱买了一双草鞋。

季虹也是八级一班的学生，她回忆，1966年的春天沙眼病流行，为了防止学生洗脸时交叉感染，你到专做泥瓦罐的高桥公社大瓮山大队给每个学生买了一个小瓦盆，然后每个盆上用红漆标上学生编号，分四排摆放在教室门前的草地上，学生们下课后按顺序取盆，在学校后面的小溪里取水洗脸。

写到此处时，时光流经2019年9月26日的清晨，我坐在电脑前有一种很想回到那个时代，很想做一回你的学生的冲动。于是我闭上眼睛，跨越时空，成了季虹、宋文英她们的同学。下课铃声响过，我们怀着欣喜迫不及待地走出教室，挨个去取属于自己的瓦盆。我看到场面是那样的壮观，同学们是那样的激动。高大瘦弱的你微笑着站在教室门口，嘱咐我们轻拿轻放，因为泥瓦盆是经不起磕碰的。我们怀着无比的喜悦答应着，每个人都用一种饱含深情的目光与你对视一下，以此表达着对你的感激和敬意。

季虹女士在接受我的电话采访时说，她非常怀念那个小脸盆，非常怀念环绕在校舍周围的那条小溪，更怀念给了她们美好回忆的你。

我的心在幻想中为之久久震颤，也感慨良多。

56个小小泥瓦盆，陪伴八级一班的同学度过了三年的美好时光；56双草鞋伴随八级一班的学生闯过了一个个寒冷的严冬；56碗热菜更是给了八级一班的学生们终生不散的温暖，也营造了一个永远值得回忆的童话世界。

4

张纯菊为了接受我们纪录片摄制组的采访，专程从大连回到了老家孟母村。这位七十多岁仍然风姿绰约、满面红光的女人，提起你便泪流不止。面对镜头，面对我，她叙述着1964年深秋的那段故事。那段故事里，她因长期营养不良得了急性肝炎。那段故事里，如果没有你的背后出现，她不会再有后来，不会成为一位解放军军官的妻子，更不可能会有今天的儿孙满堂，且生活在美丽的海滨城市大连，有着至今仍在延续的幸福时光。

然而，当时的张纯菊并非你们班的学生，你甚至没有注意到张纯菊在学校的存在。与你一样任班主任的刘涛老师班里有位与张纯菊极为要好的女生得了肝炎，刘涛担心其他学生也有潜在危险，便把全班学生带到沂水中心医院做了检查，结果大家都没问题，只有美丽娇小的张纯菊也患了甲型肝炎。虽然是初期，但是刘老师担心一旦发作起来会传染其他同学，便用自行车驮着张纯菊的行李，徒步翻越瓮山，蹚过沐河，把她送回了老家孟母村。并嘱咐张纯菊的父母如何给孩子吃药，如何注意别让她吃鸡鸭鱼肉，然后喝几口水便回了学校。可刘涛老师的心里并未放下张纯菊，因为他发现张纯菊的家庭情况跟头一位得肝炎的女同学家相比差得很多，就担心张纯菊的病得不到及时有效的治疗而出问题。你当时兼任着学校团委书记的职务，刘涛便把张纯菊的情况对你讲了，希望你能代表团组织给张纯菊写封信对她进行慰问，也鼓励她战胜病魔，早日重回学校读书。信你写了，但也因此和刘涛老师一样，担心张纯菊真因家庭困难治不好病，断送了大好前

唐乐群（前排左一）在沂水五中任教时，与即将毕业的学生合影留念。

程，甚至丢掉性命，便悄悄到高桥公社邮政局，化名"人民教师"给她寄去了20元钱。

在做《清曜四韵》纪录片的时候，有人回忆说你当时寄去的是30元钱。后经深入采访，特别是为了给本书补充素材，我通过微信再度联系远在大连的张纯菊时，她如实地告诉我，你当时寄去的确实不是30元，而是20元。那么我们就尊重事实，在本书中还原20元吧，相信这也是你所希望的。因为小小的10元之差固然不大，张纯菊也不会提出什么异议，在做纪录片时，她不就没提异议吗？但对了解真相的人来说，却有可能因为这一小小的误差，而对整本书的真实性产生怀疑。

当年，20元钱也非小数目，按照当时的物价，一个五口之家，在农村维持三五个月的生产生活不成问题。所以这20块钱对张纯菊来说，有着今天的我们无法想象的重要意义。再加上尹竹亭校长从学校里批给她的20元困难补助金，她的父母只借了10元钱，就治好了她的肝炎。

张纯菊在采访中哭着回忆说，病好以后，婶子大娘，周围的邻居，都高高兴兴地来看她。都说现在的社会真好啊，有困难了，人家连名字都不留，就给汇了钱来，这在旧社会，那是万万不可能的。

然而，因为给了张纯菊这20元钱，更因为你一直没有间断帮助困难学生和群众，这一年的春节你没有回家，因为你已没钱坐车，更没钱给妻子儿女买年货了。

你的妻子夏同香抱着最小的儿子东远，领着两个女儿，一次次到村头迎接你，一次次在失望中返回。往年春节你只要往家寄钱，虽然只是区区10块钱，但也说明这个年你是不会回家过了。如果不寄钱，她们就会知道你是回家的。然而，今年你既没往家寄钱，也没有回家，你是否能够体会到她们母子那时的心情有多失落、多糟糕呢？你是否也在那个时刻想到了她们，渴望与她们团聚呢？

当千家万户彩灯高挂、鞭炮齐鸣的时候，面对破旧的饭桌上几样平日里很难吃到的美味佳肴，你的妻子夏同香毫无胃口，她强装高兴让孩子们享用，而她自己却躲到一边悄悄地哭了好一会。

而你则在学校里啃着窝窝头就着咸菜，喝着白开水，度过了一个寒酸而凄清的春节。我猜想，你的内心一定充满了对妻子儿女的歉疚，也装满了孤寂，但却没有后悔给张纯菊寄钱，因为你救了一个学生的命。

过了春节，所有教师都到县城南干校集训。张纯菊的班主任刘涛给张纯菊写了一封信，让她到南干校找他，他好领她去县医院做一下体检。如果病已痊愈，开学时便可入学，不能再耽误学业。

刘涛老师是潍坊人，他的妻子是济南人，两个人一同到沂水支教，相识、相爱，并结婚。一个在高桥五中教书，一个在高桥小学教书，家自然也就安在了高桥五中。但因为寒假期间教师集训，全家人便搬到了沂水南干校。张纯菊去了以后，就住在刘涛老师的临时家里。在我用微信采访张纯菊时，她告诉我，刘涛老师家当时六口人，老母亲加三个孩子，还有他们夫妻，就在南干校给的宿舍里打地铺睡觉。但是他们把张纯菊留在家中一住就是四天，既不害怕影响他们的正常生活，也不担心她的病会传染给大人孩子。这让张纯菊至今想起来，仍然大为感动和感激。

而令张纯菊意想不到的是，因为在刘涛老师的临时家中住了四天，一个困扰了她很久的谜团终于得以解开：那20元救命钱，是你，唐乐群老师汇给她的。

解开谜团的人，是县教育局的一位领导。张纯菊说这位领导的名字她不知道，当时忘记了打听，后来就更不得而知了。但她知道他是教育局的领导，因为只有教育局的领导才有资格在全县教师大会上表扬教师，特别是当时已经很有影响的你。

教师大会是这一天的早饭后在南干校操场上召开的，当时张纯菊提着暖瓶去水房给刘涛老师家打开水，恰好，大喇叭里就传来了领导表扬你的声音。这位领导激情飞扬，声音洪亮，他表扬的大体意思，张纯菊至今记忆犹新：唐乐群老师不愧是全省的学雷锋积极分子，就在放寒假之前，他从有限的工资中拿出 20 元钱，资助一个叫张纯菊的困难学生治病，连姓名都不留。而他因为没钱坐车，这个春节未能回家与妻子儿女团聚，自己在冰冷的学校里啃着窝头过了一个孤独但又意义重大的年。这是什么精神？这就是雷锋同志那种毫不利己专门利人的共产主义精神，我们都要以他为榜样，把"向雷锋同志学习"的热潮不断推向深入，真正像唐乐群老师那样，始终做一个雷锋式的好老师！

张纯菊说，当时她激动得浑身颤抖，暖瓶里的水已经灌满，她也没有察觉，直到有人走进水房打水，她才如梦方醒。她给刘涛老师家放下暖瓶后，跑到大会现场等你，想当面给你鞠一躬，说一句感激的话。可是开会的老师太多，会议一散，人群纷乱，她根本就没法找到你。她甚至都没见到刘涛老师和他爱人。人都散去之后，她站在空空的操场上流了好半天的泪，只好在心里默默地说了一声："唐老师，谢谢你。我永远都会记住你的恩情的。"

当天下午，医院的检查结果证实张纯菊的病确实已经彻底痊愈，可以上学了。刘涛老师把张纯菊送到沂水汽车站，给她买上车票，让她回家做好上学准备。张纯菊的心情仍然激动不已，一回家就把找到了汇款老师的消息告诉了父母，告诉了邻居，告诉了全村的乡亲。所有人听到这个消息都激动不已，都重复着一句话：这个唐老师真是个大好人啊，共产党就是教育得好！

"共产党就是教育得好"，是那个时代最流行的语言，没有哪句话更能准确地表达老百姓对共产党的这份感激，对党的优秀党员干部的认可和赞扬了。

到我采访张纯菊时，事情已经过去了五十多年。五十多年张纯菊由一位纯情少女变作了白发老人，但是她对你的恩情仍然念念不忘，也对刘涛老师念念不忘。她和无数人说起过你们，每一次说起总会泪眼婆娑，泣不成声。她也不止一次地跟丈夫和孩子们说起过你们，告诉他们没有你唐老师和刘涛老师，就没有她今天的幸福，你和刘涛老师是她一生都感激不尽的大恩人，也应该是丈夫和孩子们一生感激不尽的大恩人。

5

刘炳松老人是沂水县高桥镇的一名退休教师。他于 1965 年 9 月进入高桥五中读书，在你担任班主任的班里先后任学习委员、班长。在他的记忆中，有数不清的同学受到过你的单独资助，其中给他印象最深的，是一位叫吴洪友的同学。

纪录片《清曜四韵》剧照

这年春节，唐乐群没有回家，他在学校里啃着窝头过了一个清冷的新年。

1965 年比起 1958 年，日子已经好过了许多。这一年入学的学生，大多都有棉鞋穿。但在风雪飘摇的寒冬，吴洪友却只穿了一双勉强可以护住脚底的皮垫子，脚后跟严重冻裂，皮开肉绽，走路一瘸一拐，同学们竞相摹仿，班里常常哄堂大笑。你作为吴洪友的老师，并未过多批评学生们的率真，而是跑到高桥集上给吴洪友买了一双蒲鞋，并亲自帮他穿到了脚上。然后你问，洪友啊，感觉合适吧？吴洪友说，哎呀老师，合适合适，真暖和啊。然后，眼泪就唰唰地流下来了。他这一哭，全班的同学都哭了。没有人说一声老师你真好，吴洪友也没说，但是那一行行泪水中却包含了无数对你的感激与感恩。

　　吴洪友出生于一个兄弟姐妹众多的农村家庭，父亲身体多病，全靠母亲一人支撑日月，生活十分艰难。在他的记忆中，自己从小到大几乎没有穿过像样的衣服鞋子，也没有吃过一顿饱饭。你买给他的这双做工精细的蒲鞋，是他穿过的最好看、最保暖的棉鞋。这双鞋不仅温暖了他的双脚，还温暖了他那颗在冰冷中原本已经麻木的心。不，不只是他自己的心，还有他们全家人的心。

　　从买蒲鞋开始，你了解了吴洪友的家庭情况，又给了他多次资助。在刘炳松的印象中，吴洪友中学期间的所有费用，除了学校给的贫困补助，其他都来自你。你每个月给他两元钱，让他买学习用具和到食堂打菜。刘炳松说，你把吴洪友是当亲生孩子一样照顾的。不，亲生孩子你也没有这般照顾过。你是超越了亲情，用雷锋式的共产主义情怀照顾他的。

　　而被你用这种情怀照顾的学生，并非只有吴洪友一人。

　　段新荣在《高风亮节留人间：怀念恩师唐乐群》一文中回忆，1961 年中考时，他们的考场设在二十多公里外的马站中学。那时没有汽车，连自行车也没有。他们每个人都带着行李、学习用具，还有吃的干粮，徒步行走。你为了给年纪小的学生减轻负担，就借来两辆手推车，一位年龄大的学生推一辆，你推一辆，给他们推行李。年龄最小的段新荣那时恰好感染了疟疾，走了不到一半路病情突然发作，浑身颤抖，双腿酸软，扑通一声倒在路边再也无力行走。你立刻把车子上的一件行李拿下来自己背到身上，然后让段新荣坐到车子上你推着她走。看到你汗流浃背地吃力前行，坐在车子上的段新荣泪流满面。她知道，这一次若是没有老师，自己必将失去中考的机会，人生的命运也将改写。特别是当她考上大学，成为中共临沂市委党校的一名教授、副校长后，她更加感慨万千，也对你更加感恩戴德。

王守琨也是从你那里获得温暖最多的学生之一。他在接受我的采访时说："我为什么一直把唐老师视为生身父亲一般？因为他给过我莫大的关怀和帮助。可以说，没有他我就没有饭吃，没有他我就上不了大学，没有他我就不可能成为省民政厅的一名干部。"

1947年出生于沂水杨庄大院村的王守琨是一个孤儿。在他仅仅九个月大的时候，父亲参加中国人民解放军，在高密战役中壮烈牺牲。七岁那年，身单力薄的母亲又因常遭族人欺负，且无力耕种自家土地，生计难以维持，改嫁给了本村一位与王守琨的父亲一同参加过高密战役的战友，王守琨和哥哥王守安，只好跟随年迈的爷爷奶奶生活。1955年，爷爷不幸病逝；四年后的1959年冬天，奶奶又撒手人寰，王守琨只得与哥哥跟随二叔二婶生活。1963年，已经十七岁的王守琨考入了沂水第五中学。虽然你不是他的班主任，但是你是他们班的政治老师。由此你知道了这个个头不高、长相黝黑的孩子是一名烈士子弟。印象更为深刻的是，开学不久，家庭出身有点问题的王守琨便把自己写的一篇题为《有成分论，不唯成分论，重在政治表现》的文章交给了你，让你看到了这个孩子不仅有着较好的文笔，还很有政治头脑和独立思考能力。于是，你把这篇文章略加修改后放在了学校的学习专栏上，让全校师生都来阅读学习。你从此便对王守琨给予格外关注，而王守琨也因此获得了极大鼓舞，与你的关系不断地密切起来。

第二年春天，由于每周只能从二婶家拿十八个煎饼到学校吃，王守琨在日日饥饿中造成严重营养不良，患上了黄疸性肝炎，从而被迫休学回家治病。没有人知道他的病多久能好，也没有人知道他还能不能回学校读书，他的班主任徐化鼎所能告诉你的，就是王守琨的病传染性很强，必须得彻底痊愈以后才能再回学校读书。你很担心这个满腹才华的孩子。以你的判断，这个孩子将来是一定能够成为社会的有用之才的，假如因为这场病出了生命问题，假如因为没人理会，他不再回学校读书，那么毁掉的不只是一个孩子的生命和前途，还毁掉了一个建设社会主义的人才。这样一想，你怎么也坐不住了，便利用星期天拿自己的供应票到高桥供销社买上二斤白糖，徒步行走 25 里山路赶到东院村，看望了王守琨。

这是王守琨无论如何也没有想到的。浑身乏力，躺在屋里昏昏沉沉睡觉的他，听到院子里传来你与他二叔说话的声音时，他根本不相信自己的耳朵，当确定真的是你后，他激动地一跃而起，跑到院子里一把将你抱住了。第一句话就是，老师你怎么来了？老师你怎么来了？随即，眼泪吧嗒吧嗒往下掉，好久都没有收住。

王守琨不想让你担心，他告诉你自己正在积极治疗，二叔和婶子对他也很好，不用多久他就会重新回到学校读书的。你心里的石头一下子落了地，嘱咐守琨，可以利用治病的时间，自己在家学习功课，你会利用周末时间来给他补习的。然后，你就轻松愉快地回了学校。却不知道，仅仅过了几天之后，王守琨就又遇上了更大的问题——他被二叔赶出家门，无家可归了。

其实真正想把王守琨赶出家门的不是他二叔，而是他二婶。自从王守琨和哥哥在他们家生活以来，二婶因为王守琨不能下地干活挣工分一直对他极为冷淡。她之所以还能每周让王守琨回家拿十八个煎饼，是因为县民政局每个月能给王守琨两块钱生活补贴，这个钱王守琨的奶奶活着时，奶奶领，奶奶没有了以后，便由二叔领，二婶就是看在这两元钱的分上，才勉强让他每周回家拿十八个煎饼的。现在，他得了这种传染病需要花钱治疗，每天在家只能吃饭睡觉不能干活，二婶便忍受不了了。在经过了无数次摔摔打打、指桑骂槐，发现王守琨竟然可以忍气吞声不做反应后，她便暗中逼迫二叔把王守琨赶出家门，否则她就离开这个家。二婶是王守琨的奶奶在最困难的 1959 年春天用三口袋麦子换来的，家庭出身富农、形象也很矮丑的二叔总是害怕失去二婶，便对二婶言听计从。所以尽管爷爷离世前一再嘱咐二叔好好照顾守琨，一定要把这个孩子养大成人，不然他死不瞑目。但是二婶发了狠话，二叔也只能违背爷爷的意愿，流着泪把王守琨赶出了家门。

二叔本是指明道路让王守琨找妈妈讨生活的，但是王守琨知道母亲那边好几个孩子，自己又与母亲多年不曾来往，如何能给母亲找麻烦呢？再说，既然二婶都无法接受他这个吃白饭的孩子，母亲那边的继父又怎么可能会接受他呢？于是他一路哭着回到高桥五中，没找班主任徐化鼎，而是找到了你。他泪流满面，哽咽难语，说："唐、唐、唐老师，我、我、我没有、没有家了，你、你、你救救我吧。"你的眼泪瞬间扑簌而下，一把将他揽进怀里，询问他发生了什么事，告诉他不要哭，也不要怕，一切有老师呢。然后你领他找了校长尹竹亭，由尹竹亭给当时负责"农转非"的县计划委员会和负责烈士子女安置的县民政局分别写了信，将王守琨孤苦无依的情况作了反映。很快，县民政局便联系当时的杨庄公社党委，由公社党委出面责成东院大队负责王守琨的口粮供应，民政局则每月给王守琨发放十二块钱的生活补贴，从而彻底解决了王守琨的生存问题。

解决了生存问题，还没有解决精神上的关爱问题。从此以后，向来对革命英雄深怀敬重之情，也惜才如命的你，便像父亲一样，开始了对革命烈士子弟王守琨的进一步关心与爱护，给这个孤独的孩子送上了一份不是父亲胜似父亲的真情与温暖。

在《清曜四韵》纪录片中，我用演员情景还原了王守琨生病后，你把他弄到自己的宿舍给他用毛巾进行物理退烧的过程，这看上去有些俗套，因为很多表现六七十年代生活的影视剧中都有这种情节。但作为忠于生活的纪录片，不管故事是不是俗套，都必须如实地展现，否则不仅违背纪录片制作原则，也对不起故事中的你这个主人公。

1970 年，高中只读了一年的王守琨，便就业进沂水机床厂当了一名工人。但只工作了几个月，就因有人诬告他在 1966 年的帮派斗争中打死过三个人，而被错误地打成"现行反革命"在厂里进行批斗。虽然事情调查清楚后，免去了"现行反革命"的帽子，但是有人仍然以此为借口，莫名其妙地将他开除工厂，让他回了杨庄老家。他再次陷入了人生低谷，只好靠出民夫去各地支援厂矿建设来维持生计。此时，给他最大精神安慰与支持的人仍然是你。不管他走到哪里，你都会与他保持书信往来，鼓励他无论在哪里，无论干什么，都要勤勤恳恳做事，忠忠实实做人。要相信寒冬一定会过去，春天迟早会到来。

1973 年早春，邓小平同志担任国务院副总理，分管科技和教育。这位心系祖国命运的伟大政治家，早就对中国当时的教育现状忧心忡忡，上任之后马上主持召开专门的会议，由国务院于 4 月 3 日批转了国务院科教组《关于高等学校 1973 年招生工作的意见》，从而在结合政治考察和地方推荐基础上恢复了已经停止了七年之久的高考。

你作为当时的沂水师范学校教导主任，率先知道了恢复高考这一大好消息，马上给在莱芜钢铁公司"出伏"的王守琨写了一封信，告诉他春天终于来了，让他抓紧复习，争取参加当年的高考，改变自己的命运。同时还给他寄去了一大摞高考复习资料。王守琨没有辜负你的殷切期望与良苦用心，他一边工作一边刻苦复习，几个月后，顺利参加高考，成功地跨越了专科录取分数线。

然而，全国上下当时仍处在"文革"当中，王守琨在帮派斗争中的问题依然没有彻底解决，从而影响了沂水医学专科学校对他的录取。事情被你得知，你亲自找到临沂地区招生办领导进行协调，表明王守琨是一个品质良好的孩子，不管在运动中与别人有过怎样的矛盾，他对党和国家是忠诚的，对社会主义是无限热爱的，也从来没有做过伤害他人的事情，所以不要揪着"文革"中的问题不放耽误了他的前途。地区招生办领导敬重你的人品，相信你说的话，为王守琨开启了大学之门，使王守琨迈出了人生中最为关键的一步，成了临沂师范专科学校的一名学生。

十年后，学历高，能力强，又吃苦耐劳的王守琨又有了一个调往山东省民政厅工作的机会。但是调令发下来，县里因为人才缺乏不愿放人，又是你出面找县领导做工作，王守琨才得以调到山东省民政厅，成了一名可为全省人民服务的优秀干部。

这对王守琨来说是人生中最关键的两步，这两步如果没有你的帮助，或许他不是后来的样子。所以，他终生都难以忘记你。

6

你不只对学生关心帮助，对学生的家长，对社会上的孤寡老人，对困难群众，你同样竭力帮助。

我采访过的人几乎都说，你无论在高桥任教期间，还是后来到沂水师范学校、沂水第一高级中学，你都利用节假日或星期天，步行到各个村庄，对你的每个学生进行家访，发现有重大生活困难的学生家庭，或遇上有重大困难的陌生百姓，你就马上出手帮助。

解超先曾是沂水影院饭店的经理，与担任沂水影院副经理的堂兄解寿先同是当年沂水五中的学生。所不同的是，解寿先在七级，解超先在八级，你是解超先的班主任，而未教过解寿先。但是兄弟二人都是为人忠厚，做事扎实，知恩图报的人。我为你拍摄纪录片，原本与他二人没有多大关系，甚至在采访的名单里，也没有列出他们的名字。但是得知我正为你拍摄纪录片后，退休在家的解寿先代表堂弟专门跑到沂水县文化馆来找我，拉着我的手说不尽的感谢话。甚至在纪录片做完以后，他找我取光盘时，还给我送来了一盒本地老酒，表示着他对我的感激之情，也说出了当年他堂弟一家遇到重大困难时，你所给予的巨大帮助。

在解寿先看来，你当年虽然救的只是解超先的母亲，也就是他的婶子，但是，他们整个家族都对你深怀感恩。

　　时间是 1966 年 3 月。此时，解超先的母亲因长期患肺气肿导致严重的肺心症，她腿脚浮肿，呼吸困难，已经躺在床上一个多月无法自理。解超先的父亲撂下农活，在家专门照顾妻子。他是那样害怕妻子扔下他和一群孩子撒手人寰，但他眼睁睁地看着妻子一天天病情加重却束手无策。因为家里已经把刨地的镢头、铲地的锄头，甚至是吃饭的桌子都拿到集市卖掉给妻子抓药了，能借钱的亲戚朋友他也都借遍了，再也没有任何办法可想了。老实厚道的他不会像张纯菊的父亲那样在烦躁中跟妻子发火，因为那只会加重妻子的病情，导致更为严重的后果。但是，他的内心焦急万分，痛苦不已，所以他背地里不知哭了多少回。而解超先作为家里的长子，他的焦急和担忧不亚于父亲，所以他上课时总是心神不安，坐卧不宁，脑子里总是想着，母亲如果真的撒手离去，他和弟弟妹妹们该怎么办。因此，他的学习成绩直线下降，最终只得与你不辞而别，借着星期天回家取饭的时机，再也没回学校。

　　你容不得哪个学生退学，所以你来到解家，想了解一下情况把解超先领回学校。但是解超先看到你却躲了起来，他害怕你的批评，更因为家里的凄惨景象，不想面对你。但是，你却主动上前拉出了躲在柴棚里的解超先，把他揽在怀里，动情地说："家里有困难你告诉老师就是了，不上学能解决什么问题呢？"然后掏出 50 元钱给他，让他交给父亲，赶紧给母亲抓药。

　　解超先那时只有 13 岁，他拿着钱不知说什么好，只是哭。他母亲在床上更是哭得上气不接下气。他父亲上前紧紧地拉住你的手，流泪不止，嘴唇颤抖，好半天才说："唐老师，你这是救我们全家啊，你的这份恩情，我们可怎么报答啊。"

给解超先母亲抓药的是解寿先。他比解超先仅大一岁，却成熟稳重了好多。所以叔叔便让他利用星期天绕道沂水县城，去当时的诸葛公社庞家河大队给婶子抓来了中药。当药壶里冒出了热腾腾的中药气味时，躺在床上的婶子喜悦不已，她反复对丈夫和儿子说："这药闻着就好，我有救了，全家都有救了。"

解超先再次回到了课堂。虽然母亲服了药仅仅多活了几个月，但是母亲临终前的叮咛却让他永生难忘。母亲说："你千万不要忘了唐老师，一辈子也不要忘记！"

与解超先有着同样经历的学生，还有沂水县人民医院的副主任医师、现已退休十几年的王兰福大夫。

1968年夏天，王兰福在高桥五中读完初中考入了沂水县第一高级中学，开学在即，她也踌躇满志之时，父亲王客顺却突然下颚囊肿，说不了话，也进不了食，整个脸都变了形，只好住进了沂水中心医院。原本身体多病的母亲顾不上自己，四处借钱给父亲治病，却只借到了5块钱。王兰福是家里的长女，下面还有三个弟弟一个妹妹。负担沉重下的母亲本就犹豫着还让不让王兰福再读高中，现在便不再犹豫了，她告诉王兰福："我浑身是病，你爹现在又火上浇油，这一窝孩子可怎么办啊？这高中咱说什么也不能上了，一个女孩子家，上那么多学干什么呀？快在家干活挣工分帮我养家吧，要不然，你爹要是一口气没了，咱全家都得饿死！"满腹理想的王兰福感觉当头浇了一瓢冷水，却不敢告诉母亲她很想读高中，不愿意回家当农民，只有趴在床上呜呜地哭。母亲也心疼自己的女儿，但是家里的日子实在容不得她发恻隐之心，毕竟五个孩子还有四个都没读书，王兰福已经读完了初中，在母亲看来她应该学会懂事了，怎么能还不满足呢？便也哭着训骂了女儿一顿，喊着让她快去医院把借来的 5 块钱给父亲送去，那边还等钱做手术呢！王兰福带着满心的委屈走出家门，准备坐车时想到了自己的老师，觉得老师或许可以救她，便去了高桥五中。

一见你的面，王兰福就哭了，然后把父亲有病住院，母亲不准她再读高中的事全都对你说了。

你很同情这个女孩，她是个十分优秀的学生，三年初中，每次考试都名列前茅，如果不读高中，实在是太可惜了。于是你安慰她说："不要着急兰福，先去医院给你父亲送钱治病，上高中的事包在我身上了。"然后拉开抽屉，拿出 30 元钱给了王兰福，让她抓紧去医院。王兰福急忙推辞，说俺娘已经借到 5 块钱了，俺不要老师的钱。你便告诉她，5 块钱是不够做个手术的，况且还要打针吃药呢。拿着吧，只有赶快把你父亲的病治好了，把家里的困难解决了，你上高中的事才没阻碍啊！

那一刻，王兰福感动极了。如同张纯菊收到你的钱时一样，她一路往沂水走，一路不停地流泪。她想不出老师为什么这么好。老师一个月的工资也就三十几块钱，这一下子就给了她三十元，这是让她母亲怎么舍上脸皮借也不可能借到的数字啊，她感觉这个恩情太大太大了。最关键的是，她读高中的事有希望了，她相信有你出面，父母一定会答应她读高中的，你有这个说服她父母的能力。

果然，父亲的病治好了，她也顺利地走进了高中校园。

在王兰福看来，更为幸运的是只在沂水一中读了几个月，各公社的初中成立高中部，她又回到高桥五中，成了你的学生，而且每个月还有一元五角钱的贫困学生救助金。

也就是王兰福读高中期间，家里的日子多少有所好转，父亲王客顺便让王兰福的母亲烙上几十个煎饼，他拿着 30 块钱找到你，除了表示由衷的感谢，还想还债，但是你坚决没要。你说，生活还很艰难，孩子们还没长大，兰福将来还要上大学的，等以后日子宽裕了再说吧。然后连王客顺带来的煎饼也拒绝没收，把他送走了。

几十年后的今天，我到王兰福的家里采访这位极为朴实的老人。约好之后，她早早地就冒着寒风在小区门外等我。见了面回忆起当年的情景她泣不成声。她说，如果当年没有老师出手相助，我可能早就没了父亲，也不可能读完高中又进大学，更不可能成为一名治病救人的医生。我现在退休了，一个月七八千块钱退休金，日子过得非常幸福。我真的永远都忘不了我的老师。

唐老，我不知道那个世界的你是不是听到了王兰福的心声，假如听到了，我想你不会因为她对你的感激而欣慰，而是因为她的成才、成功而欣慰。因为你当初救她于水火，就是希望她得到更多更好的教育，成为国家的有用人才，而她做到了。

其实，即便经过你的努力，仍然没有摆脱辍学命运的学生，也会对你终生感激。高桥镇宋家岔河村的秦昔欣老人，是高桥五中第一届学生，也是你最看好的学生之一。1961 年秋天，已经考上高中的秦昔欣面临一个艰难选择，是继续读书，还是回家帮母亲挣工分养活下面三个弟弟。父亲在高桥公社供销社上班，家里没人挣工分，父亲工资很低，又拿不出太多的钱交给生产队买工分，正赶上三年困难时期，口粮严重短缺，饿死人的危险随时都有可能降临这个家庭。秦昔欣不想辍学，但是母亲告诉他，你不辍学，家里也没能力供你，况且你是家中长子，难道你就忍心看着三个弟弟饿死吗？当时已经二十岁的秦

1961 年，身为班主任的唐乐群（前排右一）与沂水五中一级二班团支部及班委会合影。

昔欣别无选择，忍痛辍学，开始了务农生涯。你不知从哪里知道了这一消息，立刻跑到秦家，告诉秦昔欣的母亲，只要秦昔欣回高中上学，三年的学费和生活费我全包了。秦昔欣低头不语，盼望母亲因此松口，让他重回学校读书。但是母亲坚决没有松口。因为母亲知道，唐老师解决了儿子的学费和生活费，却解决不了全家人的生存之难，她必须咬牙让儿子辍学。但是一次失败之后，你不甘心，又去了第二趟，第三趟，秦母仍然没有同意儿子再回学校读书，就连秦昔欣也含泪告诉你：老师你别再跑了，为了全家人的命，我是不可能再回学校读书了。你很失望，怀着巨大的遗憾，离开了秦家。但是几十年后的今天，当我到宋家岔河村采访已经 78 岁的秦昔欣时，老人一边咳喘一边向我回忆着你去他家劝他复学的情景，言语中充满了对你的愧疚，觉得当年辜负了你的一片好心，假如听了你的话，接受了你的资助，重回学校读书并考上大学的话，命运一定不会是今天这个样子。同时，他更对你深怀感激，觉得今生有你这样的好老师曾为他的前途命运费心，他很知足，很感恩。

　　采访了秦昔欣之后，我紧接着到高桥河北村采访了刘振库、刘泰续等人。刘振库也是 1958 年进入高桥五中读书的学生，曾在河北村担任过二十多年的党支部书记。他告诉我，20 世纪 60 年代，他们村有个贫农主任叫刘培春，你在响应毛主席的伟大号召"接受贫下中农再教育"，到村里与贫下中农交朋友时，与刘培春相识并成为要好的朋友。刘培春家当时五六个孩子只有他一人在生产队劳动，家里相当困难，你便把自己的粮票省下来，救助他们一家。刘振库老人记得，你曾经一次就给了刘培春 15 斤粮票，而你一个月的粮票当时也不过 27 斤。

　　当时的河北村还有一位"五保户"叫赵立英，你通过刘培春知道

唐乐群与五保户赵立英大爷结下了父子般的情谊。

了这位老人后，便主动要求与他结对，每个周末都到老人家里帮助老人担水、劈柴、洗衣、扫院子，陪老人聊天。到了夏天，当发现年近七十岁的老人竟然一直没有蚊帐时，就把自己的蚊帐从床上摘下来，亲自给老人挂到了床上。而你自己，则用"蚊子草"驱赶泛滥成灾的蚊子。

在拍摄纪录片《清曜四韵》的过程中，我们找来许多蚊子草点燃，以求复原当年的情景，结果现场的很多人都被呛得咳嗽不止、满目流泪。你的学生郝培学先生告诉我，当年的沂蒙山区卫生条件很差，蚊子要比现在多得多，虽然使用蚊子草可以起到一定驱赶效果，但是不可能整个夜晚都让蚊子草燃烧，而一旦燃烧的蚊子草熄灭，蚊子们又会成群结队地涌入屋内。有着过敏体质的你便因蚊子的叮咬，常常满身是疱。特别那张原本英俊帅气的脸，因被蚊子叮咬而出现一个个红肿的水泡，不仅影响形象，也奇痒无比，痛苦不堪。由此我们体会出，你当年把蚊帐送给赵立英老人后，自己在承受着什么。也才由衷地感到，你以无私之心帮助他人的背后，有着怎样的付出。

然而，你对赵立英老人的付出远不止这些。在国家海洋局北海分局工作的张悦安先生告诉我，你经常从食堂买了馒头自己吃个半饱，省下的给赵立英老人送去。也用自己的供应票给赵立英老人买白糖，扯布料。在赵立英老人生病的时候，你陪在医院接屎接尿，像亲儿子一样照顾他。赵立英对你感激万分，逢人便夸："我这孤老头子有福啊，共产党教育出来的教师就是好，唐老师拿着我比亲生儿女对我都好啊。"

赵立英在你持续照顾了将近十年后安然离世。你在赵立英离世将近四十年后，也去了那个世界。假如真如人们所说，那个世界是存在的，那么你和赵立英老人一定还会经常见面的。尽管寿光与沂水相隔一百多公里，但在人世间无儿无女承受孤独的人，到那个世界同样也是孤独的。况且赵立英活在新中国的天空下，国家可以赡养他，而到了那个世界还会有此幸运吗？而善良的你又怎么会不牵挂他呢？所以，你一定会远涉山水来看望他的，你甚至有可能直接把他搬到寿光，让他与你的父亲共同生活在一起，把他也像父亲一样照顾着。这更加印证了老人那句话："共产党教育出来的教师就是好。"

30年前的临沂地委行署家属院附近，有一个不大的菜市场，在这一带生活过的人们，至今仍然记得，有一位在地委大院上班的干部怪得很，也傻得很，来买菜从来只买老人和残疾人的菜，而且不仅不砍价，还经常买几块钱的菜，给人家放下十元钱转身就走，喊着给他找钱他都不回头。后来人们才知道，这位干部是位大领导，他之所以如此的"怪"和"傻"，并不是真的怪和傻，而是为了给那些卖菜的老人、残疾人以帮助。在他心里，这些人是最弱势的群体，他们没有能力干别的，靠卖菜赚取微薄的利润维持生活，比其他小商小贩艰难得多。他作为地区领导干部，工资高，生活好，就应该利用买菜的机会给他们一些帮助，让他们尽量多赚点钱，日子过得好一点。不管这种做法是不是真能起到改善他们生活的作用，但是对他来说，这么做了，内心便多了几分安慰。不然的话，夜里躺在床上，脑子里便时常浮现着他们孱弱的身影，便时常看到他们在泥泞的道路上蹒跚而行，甚至还会梦到他们那满含苦涩的微笑。这让他的内心总会涌起阵阵不安与酸楚，仿佛他们的一切艰难都是他造成的。

这个"又怪又傻"的地区大干部，就是你，唐老。

你担任临沂地区行署副专员不到四年时间，曾经无数次到这家菜市场买菜，也无数次用你的"怪"和"傻"，帮助了无数年老体弱和身有残疾的卖菜者。就连你的老伴夏同香，也在你的影响下学会了这种"怪"和"傻"。夫妻俩在这个小小的菜市场上，留下了难以计数的"怪"和"傻"的身影，也留下了至今仍为人们乐道的，只有共产党教育出来的领导干部，才能缔造的美丽传说。

7

密切联系群众，一切为了群众，永远心系群众，一直是中国共产党的优良传统。

2016年10月，习近平同志在参加纪念红军长征胜利八十周年纪念大会时说："什么是共产党？共产党就是自己有一条被子，也要剪下半条给老百姓的人。"随后，习近平总书记深情地讲述了发生在红军长征途中的"半条棉被"的故事：

1934年11月，中央红军在凶险重重的长征途中，突破了国民党军第二道封锁线，各个军团陆续抵达湖南汝城县文明圩，驻扎在文明、秀水、韩田、沙洲等地，并在这一带休整了一周。在此期间，三位疲惫不堪的红军女战士住进了位于沙洲村村边的一户农民家中。

这是一个一贫如洗的家庭。妻子徐解秀和丈夫朱兰芳穷苦到别说穿件像样的衣服，就连吃饭都极度困难。但是，善良的徐解秀还是倾其所有，为饥饿至极的三位红军女兵做了一顿热乎乎的白米粥，然后，把狭窄的破屋里那张唯一的旧楠竹床收拾干净，让她们住了下来。

楠竹床上没有被褥，只有一张垫着稻草的破席和一堆烂棉絮。三位红军女兵在急行军中为了轻装前进，丢弃了全部行装，只留下了一条棉被。于是，她们便和徐解秀合盖这条棉被，睡在了一起。而徐解秀的丈夫朱兰芳，则睡在了门口的草堆中。

一条棉被很难盖严四个成年女人的身体，但对徐解秀来说，却是有生以来睡得最温暖的一个夜晚。她忽然非常希望三位女兵再也不要离开她的家，让她永远与她们合盖这条棉被，使以后的每一个夜晚都如此温暖。

但是，三位女红军却只在这里住了七天就走了。在这七天里，她们与徐解秀情同姐妹，一起吃，一起睡，一起下地劳动，一起帮着烧火煮饭。最让徐解秀难忘的是，闲来无事时，她们就给他们夫妻俩讲中国共产党的革命道理，讲革命胜利以后，包括徐解秀夫妻俩在内的所有贫苦人都会住上好房子，盖上好被子，吃上好饭，而且还可以站直了腰杆子说话，成为天下的主人。这真是梦一样美好的七天啊，徐解秀和朱兰芳那苦涩已久的双瞳里，看到了未来的美好日月，沉寂了许久的山谷里响起了他们的歌声，也响起了他们久违的笑声。

三位红军女战士要走了，她们没有什么东西可以留给徐解秀夫妻，便决定把惟一的那床棉被送给他们。他们太苦了，留下这床被子，让他们在每一个夜晚里都拥有温暖吧。但是徐解秀夫妻却说什么也不要。他们说，你们就这一条棉被呀，给了我们，你们在路上可怎么过夜呢？争执之下，一位红军女兵想到了一个两全其美的办法，她从背包中摸出一把剪刀，把这条棉被一剪两半，彼此各半条。并说："等革命成功了，我们一定会再来看望你们，到那时，我们要带一床很新很暖和的棉被送给你们。"徐解秀接过半条棉被，一句话也说不出来，眼泪哗哗地流着，流着……

红军大部队已经开拔翻山，三位女兵便在恋恋不舍中与徐解秀夫妻告辞。徐解秀担心三位女兵迷路，便让丈夫把她们送出大山再回来。

谁知丈夫这一去就再也没有回来，她等了一天又一天，丈夫始终杳无音讯。此时，徐解秀已经怀孕在身，不久，生下了她和丈夫惟一的孩子。靠着三位红军女兵留下的半床棉被，她独自一人把孩子拉扯成人，直到1991年去世，她一直都在盼望丈夫归来。这是多么遗憾的事，这是多么辛酸的事。但是徐解秀并没后悔让丈夫去送三位女红军，弥留之际，她还念念不忘她们，告诉子孙们："一定要跟共产党走，共产党好啊，只有一条被子，也要分一半给咱穷人。"

一条棉被，剪成两半，一半给群众，一半留给自己。这是中国共产党在最艰难困苦的时候，谱写的一曲党和人民群众血肉相连、甘苦与共的动人之歌，体现了共产党和人民群众须臾不可分离的鱼水深情。

作为曾经的保山地委书记，杨善洲也曾以实际行动，诠释了"什么是共产党？共产党就是自己有一条被子，也要剪下半条给老百姓的人"这样一句掷地有声的话语。

故事在"半条棉被"发生了五十多年之后。云南保山施甸县，一个叫朱家兴的大亮山林场职工，突然昏迷不醒，腹胀如鼓。送到医院一查，肝硬化晚期，伴有大量腹水。没法治了，即便能治，家里也负担不起高昂的医药费。医院为此下了病危通知书。朱家兴的妻子和家人一时六神无主，坐在医院的走廊里痛哭失声。朱家兴则绝望地告诉妻子，别哭了，哭也没用，回家给我准备后事吧！这时，退休后义务带人开发大亮山林场的杨善洲赶来了，这位老党员亲自找到主治医生，恳切地说："朱家兴的病只要还有百分之一的希望，也别让他离开医院。

需要什么药，尽快去调，所有的医药费我负责！"两个多月后，朱家兴的病好了，老书记帮他捡回了一条命。而花费的二万六千多元医药费，真的是老书记一人掏上的。

2007年除夕之夜，杨善洲老人坐在家里的椅子上默默流泪。大女儿杨惠菊不知道发生了什么，赶忙上前询问："爸，您是哪儿不舒服吗？"老人轻轻摇摇头："我没不舒服，我是惦记两位老人呢。这大过年的，那老两口也没人照顾，如果有一天我要是死了，他们可该怎么办啊！"杨善洲说的两位老人，其实比杨善洲还小三四岁，因为子女不孝，他们生活无着，曾在林场找活干，杨善洲了解了情况后，一边想办法做他们子女的工作，一边接济两位老人。已经三年了，每到逢年过节，他还要托人给老人们送去年货。今年他也是给他们送了年货的，但是他感觉自己的身体一天不如一天，便担心自己有一天死了，两位老人的日子该怎么过。这就是一位老共产党员、老地委书记对老百姓的情怀，恰如1987年他还在地委书记任上时，出差路上赶上大雨，当透过雨水扑打的车窗看到一位老农挑着担子吃力地赶路时，他马上让司机停车，硬把老农的东西放进后备厢，然后把老农一直送到家。没有这样一份时刻想着群众，时刻心系群众的情怀，他怎么可能做得到呢？

而你，唐老，也是一样时刻想着群众，时刻心系群众，并一直践行密切联系群众这一党的优秀传统。即便你还不是中共党员的1960年，为了让最贫困地区的老百姓穿上衣服，高桥五中曾响应上级号召，组织过一次自愿捐赠衣物活动。当时，作为脱产教师的你们其实也没多少衣服可以穿，特别是你，也只有一件已经穿了好几年的衬衣。但是学校号召一出，你第一个把身上的衬衣脱下来捐了出去。虽然这件衣服被尹竹亭校长强行退了回来，但是你的那份心意却是有着"半条棉被"般感人之重的。

当时光运行到 2013 年的时候，沂水这块红色热土上，在全国率先举起了在新时期再走群众路线这面大旗，进一步放大和密切党群、干群关系，搞起了"万名干部联系百万群众"活动。我作为一名共产党员、一个专业作家，也加入了这支队伍，在沂水县诸葛镇河南村，联系了 36 户群众。这 36 户群众除了 5 户是年轻人之外，其余全是年老体弱者。这些人基本失去了劳动能力，也没有太多的经济来源，生活相对于生龙活虎的年轻人，相对于长期在外打工或经商，年收入几万、十几万、几十万的年轻人，可谓艰难许多。但是，这些人都是从艰苦岁月中走过来的人，他们深刻体会到了在中国共产党的领导下，偌大的中国是如何从贫穷落后到繁荣富强的。所以，尽管日子不如年轻人过得好，但是因为国家每月给他们发放一百多元的城乡居民基本养老金，生病后可以享受城乡居民医疗保险，家庭过于困难的不仅每人每月给予 80 元至 120 元不等的最低生活保障金，还能享受大病救助和全额医疗报销，因此，他们对党和政府深怀感激。他们经常挂在嘴边的话是："共产党就是好。现在这个社会，自古没有。"在我和所有联系干部一样，为他们做了一些应该做的事情，帮助他们解决了一点生产生活中的困难时，他们便如赵立英老人一样，总是拉着我的手说："共产党教育的干部真好啊！"那一刻，我由衷地感到了作为一名共产党员的自豪和光荣。而联想到你在几十年里时刻想着群众，时刻心系群众，并做出了那么多类似三位女红军所做的事情，类似杨善洲所做的事情，我便体悟到了你如三位女红军般的存在，你如杨善洲般的存在，于党、于我们社会主义社会，有着多么巨大的价值和积极意义。

当然，你的故事，还没有就此结束。

8

创立于 1952 年的沂水县第一中学是一所全省闻名的高级中学。

凡是在你担任校长期间从这里走出去的学生，至今都还记得这样的情景，只要哪个学生的鞋子破了，超过三天没换新的，宿舍的枕头底下，必然会出现一双新鞋。而这双新鞋必定是你唐乐群校长给买的。

那是一段童话般的美好时光。在整个国家经济还刚刚复苏的 20 世纪 80 年代初期，很多农村家庭还处在贫困当中，这些家庭的学生没有条件常换新鞋，因为你给买的这双鞋子，他们不仅感觉脚下的路变得平坦顺畅了，对母校的感情也更加深厚了。多少年后，他们不管从事何种职业，不管地位高低，每隔几年就会来母校走一走看一看，就会回忆起校长给他们买鞋的故事，就会在回忆中泪眼婆娑。

法国巴黎，一个有着浪漫之都美誉的地方。

当一位来自中国沂蒙山区的美丽女孩，以留学生的身份走在拥有 1400 多年历史的大街上，她一定还能想起，当年她和两个姐姐都读大学的时候，父亲一人的工资无法支撑她们的学业，是一位叫唐乐群的伯伯经常给她们寄钱，一直持续了三年时间，让她们顺利拿到了毕业证书。而唐伯伯只是因为与她们的父亲在同一所学校里教书，关系相处融洽，了解她们的家庭困境，便伸出了援助之手。

在你逝世两年后的 2010 年，当王守琨先生为你编辑《唐乐群杂文集》的时候，这位女孩的父亲，原沂水第四高级中学校长、人民教师奖章获得者、北京六一中学副校长刘春修，写了一篇感情真挚的文章收录在了书中。刘先生在文章中称你为恩师益友，不仅详细地讲述了他在沂水一中担任普通教师，而你担任校长时，二人相处的许多美好时光，以及此后多年你与他交往的点点滴滴，讲述了在沂水一中留下的那些正直清廉的脚印，还充满感激地讲述了你对他的三个女儿极度喜爱，并资助她们读完大学的感人故事。

我不妨摘录部分文字放在本书中：

"唐乐群先生有一颗仁爱之心，他宽厚仁慈，平易近人，他在任校长时，关心体贴群众，为教师谋福利，教师有病有困难，他都关心备至，问寒问暖，老师们都说他心里始终装着群众，唯独没有自己。"

"在沂水一中的几年，我和孩子住在他办公室的隔壁，每天茶余饭后，他都要到我简陋的宿舍问寒问暖。他有个习惯，每天下午饭后都要喝半杯白酒。他端着酒杯总是和孩子调侃，问酒杯里是什么东西？好喝不好喝？还经常给孩子们讲笑话、讲故事，孩子们亲热地称他为唐伯伯。他在北京开党代会，回来后给孩子们买回好多糖果点心。糖果、点心都是些动物的样子，非常可爱和好吃。他还把在会上发的钢笔本子也送给孩子们，鼓励孩子们好好学习。孩子们考上大学，他每次通信都鼓励孩子们好好读书做人，并在信中夹上二三百元不等的钱。在那个时候，因为工资不高，几百元就是个大数目了。他自己省吃俭用，却把节约下来的钱给孩子们花，那颗仁厚慈爱之心，怎能不令人感动。"

或许，刘先生在文章中还没有真正道出故事的感人细节。毕竟他不是作家，不知道感人的故事需要细节去支撑。但是，这也足以证明，你给了他的三个女儿一般人做不到的帮助，也减轻了当年他作为三个孩子父亲的沉重负担，更有许多让人回味和感慨的东西在里面。

<h1>9</h1>

王守琨先生说，因为你乐于助人，很多你曾帮助过的人，后来遇到不好解决的困难，还会找上门去寻求你的再度帮助。

沂水县高桥镇沙岭子村，一个仅有三百多口人的小山村。当年你曾帮助过的王兰福的父亲王客顺老人，已于2014年在这里长眠于地下。假如他还活着，他一定还会记得去临沂再度求你帮忙的经历。

1984年春天，王客顺的三儿子到了结婚年龄。因为前面几个孩子结婚、盖房欠下了几百块钱的债，这一次王客顺想给三儿子只盖三间低矮的新房，连结婚的新床也不打算做了。但是儿媳太懂事了，不管怎么安排，她都没有任何怨言，这让当婆婆的反倒十分过意不去，就跟老伴说，人家越懂事，咱得越对得起人家才行，不管家里多难，把院墙和门楼给他们盖起来吧，要不哪像个板板正正的家啊。王客顺觉得也是，有墙有院有门楼，才像个家的样子啊。但是钱到哪里弄呢？欠着亲戚朋友的钱还没还呢，再借还张得开口吗？无奈之下，他背着半袋子花生来到临沂，想找你求援。但是走进临沂城，他忐忑不安，如揣小兔，好不容易打听到地委大院，却不敢贸然进入，就蹲在大门一侧等待你出现。那一天，恰好你到乡下搞调研，直到傍晚才回城。当等了整整一天的王客顺看到你骑着自行车迎面走来时，喊一声唐老师扑上去，拉住你的手就抖动着双肩哭了。他说唐老师你别怪我，我不是专门来看你的，我是来求你帮忙的。我又遇上难处了。

那时的你工作异常繁忙，虽然你知道他是王兰福的父亲，你们也算老熟人，但也很难抽出时间陪他，便找来小儿子唐东远，给王客顺安排好招待所住下，又热情地在家里设宴招待了他。第二天一早，你给了他二百块钱，又让东远用自行车把他送到车站，给他买上车票，让他高高兴兴地回了沂水。

这二百块钱，王客顺在你去了淄博后，曾通过女儿王兰福要求还给你，但你仍像上次一样拒绝了。你说，孩子结婚我作为长辈不应该随礼表示祝贺吗，这二百块钱就算我的礼钱了。

此后，你仍然经常通过王兰福打听她父亲王客顺的生活情况，捎话给王客顺，让他有什么困难尽管告诉你，生怕这位老实巴交的沂蒙汉子因为两次还钱你都没要，再遇到新的困难时便不好意思再找你了。

公元2006年，你从山东工程学院副院长的位置上已经退休十年。你早年资助过的一位学生的孙子登门拜访，说遇到了重大困难，请求师爷爷给予帮助。这个孩子究竟遇到了什么重大困难，需要年过古稀的师爷爷给予帮助，他没说，你也没问，只按这个孩子的要求给了他3600块钱，并让老伴炒了菜请这个孩子喝了酒吃了饭，然后一直把他送到车站。告诉他，钱不用还了，只要顺利渡过难关就好。后来得知，这个孩子并非真的遇上了什么过不去的重大困难，而是因为从爷爷那里知道你是一个乐于帮助别人的人，有求必应的人，他做生意正好缺钱，才寻上门来骗钱用的。这件事被这个孩子的爷爷，也就是你的学生知道后羞愤难当，亲自上门向你赔礼道歉，并要还钱，但你拒绝了。你说，孩子既然来找我，不是遇上了重大困难也是真的缺钱了，不然他跑几百里地跑来找我不嫌费劲吗？所以这不叫骗，就是借。全算我给孩子的创业资助吧，不要还了。

唐长华对这件事的过程基本了解，却不知道这个孩子叫什么，他的爷爷又是谁。其实，像这样的事情还有很多很多，只是有的别人知道，有的不知道罢了。因为长期以来你帮了别人是从来不说的。假如被帮助的人也不说，那故事也只能永远尘封起来了。

10

你给予他人的帮助，其实不只是经济和物质上的，还有精神上的。你在沂水师范学校任教导主任时的学生许德福，对此深有感受。

许德福是 1974 年进入沂水师范学校的学生。前文我已说过，他曾担任过中共临沂市委组织部副部长、市人事局局长、市编办主任等职。东远告诉我，他是你最得意的门生之一，也是你生前引以为傲的弟子。

2019 年 11 月，在一个风和日丽的上午，我从沂水驱车奔赴临沂，对许德福先生进行了三个多小时的采访。

此前的许多年间，我与许德福先生只是神交，忘记了有一年因为何事，我们彼此通过电话和短信，却从未谋面。在我的想象中，做官做到他这个位置，虽然算不上很大，但也一定是满面严肃，不苟言笑，甚至是退出官场了，也是官架十足，气宇轩昂的。但是一见面我才知道，这是一位朴实的如同农民，随和的如同邻家大哥一样的人。他个子不高，脸膛略黑，穿着朴素，斜挎背包，一见面与我热情地先握手

113

后拥抱，像是老友重逢一般，我原本心里与他有些距离，这样一来，便在瞬间拉近了。

采访开始，他开口第一句话就是，唐乐群老师是我一生最敬重的人。他用自己的人格与学识，对我产生了无法估量的影响。几十年来，无论为官、做事，还是做人，我都是以他为榜样，以他为标准的，从来不敢有半点松懈。

在许德福的记忆中，你对他的影响是从高桥五中就开始的。那个时候是 20 世纪 60 年代末，他作为高桥五中新成立的高中部的学生，虽然没有直接听你讲课，甚至与你接触不多，但是你的勤奋好学，你的忠诚清正，你的乐善好施，让他如雷贯耳，高山仰止。后来进入沂水师范学校成了你真正的学生后，担任七四级学生会总代表（即后来的学生会主席）的他，时常到你的办公室向你请教工作学习上的各类问题。同时，喜欢写杂文的你，也时常让写字工整好看的他帮忙抄写文章寄出去发表。他从你的一篇篇文辞朴实、思想深刻、观点鲜明的文章中进一步看到了胸怀坦荡的你，嫉恶如仇的你，无私无畏的你，爱党爱国的你，从而进一步坚定了向你学习的决心。而你一次次与他语重心长的交谈，一次次推心置腹的交流，更是给他那颗年轻的心灵灌输了太多太多做人、做事、学习的道理与经验。比如你曾教他剪报，告诉他剪报是强化学习的最佳途径与方法。如果一个人坚持剪报一年，在读中剪，在剪中学，那么就相当于读了两年大学中文系。如果持之以恒，三年五年，十年八年不间断地这样做下去，那么你的文学修养、文字水平、写作功力、思考深度，将会得到巨大的提升与飞跃。你还告诉他，与有学识的人做朋友，注意向朋友学习，也是开拓视野、汲取知识的有效途径。所谓"三人行必有我师"，指的就是每个人都有他的长处，我们应该随时随地从他人身上学习知识，开阔眼界。这是重要的，也是必要的。这让正值青春芳华的他比别人更早地获得了成熟的心智和在人生旅途上跋涉的坚强力量。他更因此变得比同龄人多了些智慧与稳健，让你极为喜欢与欣赏。

1976 年 7 月 1 日，即将从沂水师范学校毕业的许德福，与徐乐忠、杨洪法两位同学一起，从 297 名同级学生中脱颖而出，由你亲自做介绍人，光荣地加入了中国共产党。这是他的政治表现、思想觉悟、学习成绩都在你的教导下不断提高后，得到的最好回报，也是他一生之中最大的荣耀。这种荣耀除了入党本身，还因为介绍人是他敬爱的唐乐群老师。

走出沂水师范学校之后，原本想到教育一线踏踏实实做一名人民教师的许德福，因为表现突出，工作扎实，忠诚可靠，被选调到中共沂水县委组织部帮助工作，短短的几个月后，又被推荐到本县工农干部读书班学习。毕业后不久，因当时的沂水县黄山铺公社缺少干部，许德福接受组织安排，到黄山铺公社党委担任了一名组织干事。在这里，他从你身上学到的勤勉耐劳的品格得到了有效发挥。上任第一天，当发现整个党委大院因为缺少人手，也因为所有干部都在村里从事三秋工作，里里外外全是垃圾和灰尘时，他便开始独自打扫卫生。恰好赶上国庆放假，他没有回家，利用整整一周时间，把所有的办公室，以及走廊、院子清扫了一遍。调用公社拖拉机站的拖拉机将碎石烂瓦和杂草拉走之后，又从沂河运来沙子对整个大院进行了铺垫。当新的一周到来，全公社的 29 名脱产干部齐聚党委开会时，发现里里外外面貌一新，非常惊讶，无不称赞这位来自县委组织部的青年人是何等的优秀。而此时，许德福想到的是你——他的恩师唐乐群。他在心里默默对你说，唐老师，感谢你的教导，没有你的教导我可能做不到这些，也不会被人称赞的。

数年后，靠着扎扎实实做事、忠忠诚诚做人的品格，以及满腹的才华，许德福被调入了临沂地委组织部工作，后来便担任了临沂市委组织部副部长兼市人事局局长、市编办主任。在此期间，他从建立制度入手，整顿机关进人风气、考试考纪，在全国率先建立起了大数据管理，因此形成了"临沂经验"，被国家人事部、中央编办作为典型向全国进行了介绍和推广。他从 2005 年开始至 2007 年，用了 3 年时间，把临沂全市靠吃财政饭的机关事业人员用实名制的方式，实行"一人、一编、一卡、一岗、一薪""五个一"制度进行规范化管理，从源头上清理了众多"空岗吃空饷"现象。而在国家人事部于 2006 年 1 月 1 日同时颁布实施《国家公务员法》《事业单位公开招聘人员暂行规定》之前的 2005 年，临沂便开始实施了事业单位"逢进必考"政策，不仅避免了人事安置方面的腐败，同时也给老百姓的孩子提供了前所未有的公平竞争的机会。而这也恰恰是你一贯希望和主张的。可以说，你当年担任临沂地区行署副专员时，想实现而没有实现的愿望，他带着你的教导，终于实现了。

从一名普通的公社干部到正县级领导，许德福始终没有丢下的就是像你一样勤苦的学习，任何时候除了工作之外，他不喝酒，不抽烟，不打扑克，不下棋，有效利用一切业余时间，努力学习，刻苦钻研，光剪报摞起来就有几米之高。并把一切所学、所得，有效地运用到工作实践当中，运用到为党谋求执政稳固，为广大人民群众谋求公平、幸福当中去。

2003 年 11 月，组织上安排他与全省 25 名组工干部一起到新加坡学习，这是他先后四次出国学习的第一站。回来后由他执笔，与时任河东区委常委、组织部部长陈霖同志共同撰写了《以人为本的兴国战略》一文，洋洋洒洒一万余字，以其文笔流畅、观点新颖、举例贴切、思考到位、观念超前，首先得到了当时的临沂市委组织部部长陈留泉同志的高度赞赏。随后，陈部长将此文呈给了时任临沂市委书记李群同志。曾在美国纽海文市担任过市长助理的李群书记看完后赞叹有加，随即批示印发给市委常委们学习，认为此文对于我们当前的执政理念，有着十分重要的启示和指导意义。后来，此文先后在《临沂动态资料》《临沂工作》《临沂日报》《国际人才交流》、中央党校《党政周刊》等报刊上刊登发表，从而引起了广泛关注，产生了很大影响，并获得了全国优秀论文奖。

这篇文章代表了你培养教育下的许德福，已经具备了较高的从政理念和理论素养。他从国家、世界大视野的层面，思考理政和社会文明发展进步，他的出类拔萃和家国情怀，足以让你这个老师感到巨大欣慰与自豪！

相兆华，也是沂水师范学校的毕业生，曾在沂水县高桥镇担任过几十年小学教师。在他的记忆中，从他担任教师那天起，你为了帮助他做一个合格的教师，就经常地给他邮寄书刊。从临沂行署到山东理工大学，一直没有间断过。相兆华后来数了数，几十年的时间，你给他的书有三百本之多。这些书都与教书育人有关，也都与为人做事有关。所以他始终觉得，你在专业知识、道德品质方面对他的培养，是他之所以成为一名合格教师的根本所在。

其实相兆华不仅是一名合格的小学教师，还是一名写了许多好文章的业余作家。大约从本世纪初开始，他就经常携带自己的文章到文化馆找我请教，当时我还不知道，他的文风，他的虔诚，以及他的刻苦精神，都来自你这位恩师的影响。是你的人格与学识滋养了他，哺育了他，让他在生命道路上走出了充实、多学、自信，而又志得意满的人生。

张敏，沂水县泉庄镇张庄村人，与明万历四十一年进士张时俊同宗同族。退休前，她曾在临沂实验中学担任过多年的英语教师，教学能力一直广受认可。这是一个看上去有些柔弱却十分贤淑端庄、优雅恬静的女人。她给我的印象犹如池中荷花，不管脚下多么污浊，她依然能够保持自己的清莹与美丽。

2016 年深秋的一个周日，张敏从省城济南回沂水看望她八十多岁的老母亲，我们相约见面，为纪录片《清曜四韵》做了采访。

我一直以为张敏也是你的得意门生，因为此前通过电话，她总是恩师恩师地称呼你。经过采访才知道，她不是，她只是你在沂水师范学校担任教导主任时认识的忘年之交。那时，你已声名远播，无数人对你崇拜不已。她作为一名支援"莱钢"建设的年轻学生，从同样支援"莱钢"的王守琨口中知道了你的感人故事，崇拜之情油然而生，便渴望见你一面，拜你为人生导师。后来天遂人愿，她从"莱钢"回沂水被分配到泉庄初级中学任教，县教育局调她到局里帮助工作，因为当时的沂水县教育局在沂水师范学校路东一座满是平房的院落里办公。报到的第一天，她就迫不及待地在一位表姑的陪同下登门拜访，在你赠她两本《鲁迅杂文选》的那一刻，她就认定了你是她一生无法离开的良师益友。后来，张敏随军到丈夫的部队工作了几年，又与丈夫一同转业回到临沂，进入临沂实验中学任教。因为此时你已在临沂地区行署担任副专员，她便有了更多到家里拜访你，也看望师母的机会。她不仅与你有了更深的师生之谊，也与师母之间结下了母女般的深情。她喜欢向你倾诉人生的苦恼，但这种倾诉更多的是在写给你的信中。你是她父亲般的依靠，不管工作和生活上遇到什么难题，她都会在信中向你请教。而你不管多忙，也会不厌其烦地回信给她以指导。在她的记忆中，你的很多谆谆之语是她终生无法忘记的。所以采访中她随口都能背诵出来：

"你若没有坚强的信念，什么事也做不成。"

"如果你没有自信心的话，你就没有快乐。"

"既然教师是人类灵魂的工程师，那教师就应该拥有人类最崇高的灵魂。"

"要散布阳光到别人心里，首先得自己心里有阳光。"

"教师不仅要做好'经'师，还要做好'人'师。既要言传，又要身教。而身教重于言教。"

"攻人之过勿太严，要思其堪受。教人之善勿太高，要令其可从。"

"步急则蹶，弦急则绝，人急则乱。"

"事业常成于坚忍，毁于急躁。"

张敏在为你写的纪念文章《难忘恩师》中回忆这些教诲时说，她因此"享受到了淡泊名利的轻松，心平气和的喜悦，得心应手的快乐，桃李天下的幸福"。她教的学生，几乎与你教的学生一样，年年考试名列前茅。很多同事都感到纳闷，张敏究竟使用了什么奇招，让学生那样听她、信她，学习成绩又那么好呢？后来有人总结出一条：是她的人格魅力起了作用。但是张敏却说，要说人格，我与恩师相差甚远，但是我从恩师身上学到了为人品格第一、为师师德根本，而热爱学生则是师德的核心。正是因为在你的教诲下她具备了高尚的人格、崇高的师德，她的学生才喜欢学习，热爱学习，成绩突出的。

每个人在年轻的时候都会遇到人际关系的困扰，张敏自然也不例外。1983年，她因为单位的人际关系不够融洽而感到委屈、苦恼和困惑，便写信向你倾诉和请教。你非常认真地给她写了一封长长的回信。这封回信她如获至宝，多年来一直精心保存，并牢记信中的教诲，认真地践行。她来沂水接受我的采访也特意带上了这封信，并告诉我，这封信对她后来的整个人生都起到了巨大的改变作用。你在信中教育她，要想较好地立足于社会，处理好各种关系，首先得正确地认识自己和别人，认识自己应当做些什么和怎样去做。告诫她，要做到"出淤泥而不染，凌严寒而独秀。对他人的缺点过错要多忍让，做到容人之过，念人之功，谅人之短，扬人之长，得人之心。"提醒她，"赠人一言，重于珠玉。伤人一言，重于剑戟。"这让张敏醍醐灌顶，恍然大悟。她不断地发现过去的自己是多么无知，企求别人都合自己的脾气是多么的愚蠢，苛求他人尽善尽美是何等无理，生气发脾气咄咄逼人的气势是何等丑陋却又伤人害己。观念一转，心态一变，一切随之改善。她慢慢地发现周围每个人身上都有可贵的品质和优点长处值得自己学习，感到每个人都在关心帮助和支持她，尊重与感激油然而生。同时她也体悟到，环境是一面镜子，你只要对他微笑，他自然也会向你微笑。有时即使看到了他人的过错，也不再像过去那样容易生气或者烦恼，而是低头自省或者引以为戒。当受到挫折或发生矛盾时，也不再怨天尤人，埋怨指责，而是从自身找原因，调整改进，诚意沟通。最后，张敏以自己的经验总结出，"敬人者，人恒敬之；爱人者，人恒爱之"真是千古不变的真理，她因此受用了一生。

王守琨，一个不只受到过你的关心、爱护和帮助，也是深受你的教育与影响，一生追随你的足迹，一直都在效仿你的沂蒙山的儿子。

　　1973 年秋天，王守琨进入临沂师范专科学校学习。入学前，他既无固定收入，也无任何积蓄，身上仅有区区 36 元钱可供上学期间花销。他对这 36 元钱视若生命，哪怕是花一分，他也要认真算计一下，总怕浪费。当时，临沂师专还在费县，王守琨从沂水坐车赶到临沂，再从临沂往费县赶的时候，错过了最晚的一班公共汽车，需要花费 5 角钱在车站附近的旅馆里住一夜再走，但他摸摸兜里的钱，5 角也觉得不舍，便在寒气袭人的停车场里凑合了一宿。寒假后二次入校，为了节省从临沂到费县的 2 元钱乘车费，他背着帮同学定做的一只沉重木箱，步行 40 公里往学校赶，整整走了一天，脚上都磨出了血泡。但是，当他得知一位叫刘登华的女同学父亲早逝，母亲一人带着三个孩子含辛茹苦，如今突发重病无钱医治时，他毫不犹豫地将身上仅剩的 30 元钱以刘登华的名义汇给了她的母亲。而刘登华并不知道汇钱者是谁，连续一年多一直都在查找这位救了她母亲一命的善良人。直到很久以后，才知道原来这个人就是她的同班同学王守琨，一个和她一样没有父亲，经济条件同样十分拮据的农村孩子，而且还是一名烈士子弟。

　　此后直到今天，他像你一样，帮助过的人不计其数。用他自己的话说，只要是不违反工作纪律和政策原则，任何人遇上困难他都会出手相助。从孩子上学，到军人安置，从评残定补，到救济低保，甚至是老人去世需要墓地，凡是找到他的，他都一一给予解决。即便没有找他，他知道了，也会出手。1987 年，他到沂南县出差，得知尹竹亭校长已经去世，而他的老伴和一个儿子还在农村艰难地生活，而且这个儿子因为长相不够出众，为人过于老实，已经年近三十还没有对象时，他马上找到沂南县委相关领导，亲自帮他们办理了本该早就办理的农转非手续，并为尹校长的儿子安排了工作。

王守琨从你身上学到的不只是乐于助人、扶危济困，还有对名利的淡泊和对工作的扎实与专一。

1974 年 4 月，共青团临沂地委分给临沂师专一个出席团省委建设社会主义积极分子代表大会的名额，校团委充分发扬民主，由团支部投票选举这一代表。王守琨他们班 36 人参与投票，王守琨得了 33 票，有一位叫刘志东的同学得了 2 票，另一位叫杨贵然的同学得了 1 票。王守琨当即表态：我的思想觉悟不够高，没资格当这个代表，这个代表应该从两个表态"毕业后不当干部当农民，不吃工资吃工分"的同学中产生！随后他又找了校团委书记和政治部主任，强烈要求把名额让给有"两个表态"的同学。校领导最终同意了他的请求，让仅得了两票的刘志东同学出席了临沂地区团委建设社会主义积极分子代表大会并作典型发言，后又参加了团省委建设社会主义积极分子代表大会。这是一份莫大的荣誉，王守琨不是不重视这份荣誉，恰恰因为很重视这份荣誉，他才忍痛割爱，让给别人的。

1975 年 12 月，王守琨从临沂师专毕业。当时，他所在的系有一个去惠民地区工作的名额，当时的惠民地区是全省最落后也最艰苦的地方，所以没人愿意报名。其时，王守琨是被学校看中留校任教的，但他毅然给党总支递交了去惠民工作的申请书。他在申请书中写道："共产党员就该吃苦在前，享受在后，到最艰苦的地方去锻炼自己。我是共产党员，请组织上批准我的请求。"校党委办公室的李主任找他谈话，说守琨啊，你这种精神是非常可贵的！但也要服从组织让你留校的安排！不要自己想怎么样就怎么样！王守琨说，谢谢领导的培养重用，但我觉得，我们系只有一个留校名额，比我优秀的同学很多，我们班长就比我更合适，还是让他留下，让我去惠民吧！李主任说，他是带工资上学的，按规定他需要回原单位工作。去惠民，学校党委会派一个老党员去，你是新党员，就无条件地服从组织安排吧！但是王守琨仍然再三请求，最后虽然没有去成惠民，但他去了同样条件较差的蒙阴县。后因工作需要，从蒙阴又调到了沂水。

1985年12月，王守琨从沂水县民政局调至山东省民政干部学校任教。一年后又从该校调入民政厅机关，从事多数人不愿干的殡葬改革工作，一干就是23年。在他接手这一工作时，全省的火化率一直在60%左右徘徊，也就是说，全省有近40%的死者没有按照国家要求进行火化处理，直接入土下葬。1990年，王守琨深入基层调研，发现梁山县在火化工作上有着从后进变先进的丰富经验，回到厅里以后，他将梁山经验整理成材料呈给相关领导，建议在全省推广。领导采纳了他的建议，请求当时的分管副省长张瑞凤给18个火化率在60%以下的县、市、区党政一把手写了一封信，督促他们学习梁山经验，改变落后现状。结果，当年这18个县、市、区就全部跨入了殡葬改革先进行列，全省的火化率也从此跃居全国前列。他的扎实工作得到了领导的赏识，1996年被晋升为助理调研员。但是自此以后，所有竞争上岗王守琨都拒绝参与，11年只在原地不动，一心扑在殡葬改革工作上。

2007年，民政厅的主要领导知道了王守琨的情况，大为感动，亲自去省委组织部找分管副部长请示，希望提拔王守琨担任相应职务，但是王守琨的年龄已超过提拔界线，只能原地不动。厅领导找王守琨谈话，深表歉意。王守琨却对厅领导十分感激，告诉领导，我是烈士后代，父亲能为全国解放献出生命，我级别低点，每月少领几百元钱工资又算得了什么呢？领导千万不要放在心上。

这就是王守琨，一个受你影响，对名利看得淡如清水的王守琨。

受你影响的人，其实还有你的亲人。

2009 年早春时节，张敏去付家茅坨村看望从淄博回到老家的师母夏同香。她刚进屋与师母手拉手坐下去，一个个子很高，身体健壮，智力看上去却有些不健全的五十多岁男子也来了。他进门就口齿含混地喊："娘，娘，我来了。"那副傻呵呵中又透着无比欢喜的模样，真像见了自己的亲娘一般。夏同香站起来高高兴兴地迎接这个人，并给张敏介绍着："这是我儿子庆云。"又对这个人说，"来庆云，这是济南来的大姐，快叫大姐。"

一个上午，这个叫庆云的人一直围绕在你老伴夏同香的左右，一声一声地喊娘，而你老伴也不厌其烦地一声一声地答应着。八十多岁高龄的她，还亲自给庆云擦拭嘴角上的口水，亲自给他洗手洗脸，拍打他身上的灰尘，嘱咐他别老往地上坐，地上凉，对身体不好，也容易弄脏衣服。中午，庆云被留下来吃饭，没人嫌他不干净，就那么和大家坐在一起吃。吃完了他要走，你老伴又让大儿媳给他收拾了好多东西带着，然后一直把他送出院门好远才返回来。

张敏很奇怪，这个人一看就不像师母的亲生儿子啊，那么他究竟是谁？师母怎么会对他这么好？家里其他人为什么也对他这么好？这天夜里，张敏与师母睡在一个炕上，终于忍不住问了起来。老人家告诉她，这个人是村里的一个孤儿，大家一直叫他"柴儿"，有的也在"柴儿"的前面加上一个"嘲"字，叫他"嘲柴儿"，意思是又傻又愣的人。其实他的真名叫付庆云。四十多年前，大约是在生活最困难的那个时期，付庆云的父母为生计所迫闯了关东，因为付庆云和一个弟弟都有智力问题，注定此生找不到媳妇，成不了家，带了去只会是他们一辈子的累赘，甚至是灾难，他们便狠心把这两个儿子扔下，悄悄地走了。或许他们在东北过得并不好，或许他们不敢再回故乡面对两个被抛弃的傻孩子，直到今天，他们也没有任何消息。

在父母离开的那个时候，付庆云和弟弟都还很小，在你老伴夏同香的记忆中，一个大概是十二三岁，一个只有八九岁。没了最亲的人照顾，他们孤苦无依，只能靠讨饭维持生命。也是由于兄弟俩常在饥饿难捱时偷窃他人的东西，"柴儿"的脾气不好又常骂人，村里人都很讨厌他们，甚至有人在气急之下曾经把"柴儿"打得浑身是伤，鼻口出血，几乎丧命。但是，你老伴却可怜和心疼这两个孩子，当这两个孩子讨饭讨到门上时，她留下他们在家吃了一顿手擀面，然后收他们做了干儿子。从此以后，她时常给他们送饭，经常给他们缝补衣服，也不断地帮他们收拾破烂的家。逢年遇节，还要把他们叫到家里跟孩子们一起吃顿团圆饭，几十年从未间断。此间，"柴儿"的弟弟死了，"柴儿"依然是这个家里的常客。他几天不见干娘，就想念得很，就会跑了来待上一天。你老伴"农转非"离开付家茅坨之后，"柴儿"曾经连续很多天跑到家里靠在门框上抹眼泪，老是问大哥唐东义，我娘干什么去了，她怎么不管我了？其实，老太太走的时候是告诉过"柴儿"的，也告诉他以后有什么事尽管来找大哥东义就行，东义一定会像亲哥哥一样对你好的。但是，"柴儿"还是接受不了见不到干娘的事实，所以就天天跑来抹眼泪。直到过了好久，东义夫妻对他的精心照顾让他感到了如同干娘在家时一样的温暖，他才渐渐不再抹泪，也不再问东义"娘怎么不管我了"。

为了深入了解关于"柴儿"的故事，我于 2019 年 11 月再一次专程去付家茅坨村采访了你的大儿子唐东义。东义告诉我，你们一家人不光母亲和他对"柴儿"好，远在临沂的唐东远和妻子小叶对"柴儿"也同样特别好。小叶每次来老家，都会给"柴儿"买件衣服和很多好吃的东西，感觉比对他这个亲大哥还好。有一年，小叶给"柴儿"买了一件呢子大衣，"柴儿"穿上以后满村里跑，见人就喊，这是我弟东远的媳妇给我买的，这是我弟东远的媳妇给我买的，你们看好不好？那副得意与快乐的样子，如同一个没长大的孩子。村里人都说，"'柴儿'的命说苦也苦，说好比谁都好哩。你看看，唐乐群他们全家都对他比亲人还亲呢，这是哪辈子欠他的吗？"

可村里人是否知道，你老伴对张敏说过这样一句震撼人心的话呢？你老伴说："在这个世界上，我们对谁都不要轻视！"

这句话道出了一个曾经大半辈子生活在农村的老人，有着怎样令人不敢想象的至高境界。难怪在最困难的时期，家里仅有五六斤白面，她也要拿出来给从沂水去寿光"推脚"的王客顺与其大儿子等人烙上单饼让他们带到路上吃。当时，王客顺只说是唐乐群老师工作的沂水高桥人，女儿王兰福在唐老师班里读书，因为知道唐老师的家在这里，才拐个弯跑来看看的。实际上，王客顺他们是没钱吃饭饿坏了，专程从寿光县城跑到付家茅坨村找饭吃的。老太太明白他们的心思，所以不等他们开口，便倾其所有给他们做了单饼。这顿单饼做完，一家人就只能另想办法寻食充饥了。

张敏在电话里告诉我，听到老太太说出"在这个世界上，我们对谁都不要轻视"的话时，她非常吃惊，非常感动，也非常惭愧。她感觉自己一个当了一辈子老师的人，一个信奉了几十年佛教的人，其实还不如师母这个没文化、也不信任何宗教的老太太。师母的境界，是她此生永远也达不到的。尽管张敏此说有着很多谦虚的成分在里面，但也真实地反映了张敏发自内心的对师母的那份敬仰！这份敬仰不是凭空而来的，是师母的至高境界催生而来的。

本来我是想见见"柴儿"的，想亲眼看看"柴儿"到底是个什么样子，有着怎样的智力缺陷。但是"柴儿"已经不在了。东义告诉我，他是六年前，也就是 2013 年，走完了他 62 岁的人生里程，离开了这个让他凄凉也让他温暖无比的世界。此时，你和老伴都已不在人世，是唐东义拖着病弱的身体，给"柴儿"办理的后事。你的两个女儿，以及东远夫妻，也都像对待自己的亲人一样，在回老家的时候，按照当地风俗，专门给"柴儿"在路口烧纸进行了祭奠。

"柴儿"就这样与你们一家留下了一段美丽动人的佳话。而在这段美丽动人的佳话里，人们不只看到了你老伴夏同香和你几个孩子的身影，更看到了你那令人崇敬的，充满了大爱与大义的身影。这种身影就像带足了养分的水，浇开了你们一家人的善良之花、仁爱之花、无私忘我之花。

11

"好雨知时节，当春乃发生。随风潜入夜，润物细无声。"

对于大多数中国人来说，都知道这首出自唐代大诗人杜甫的名句，也都懂得其中所蕴含的哲理意义。而你所给予他人的帮助，不管是物质上的，还是精神上的，恰恰就是以春雨润物细无声的方式。你不求别人感恩，更不求得到回报。你所要的，就是让自己上善若水的情怀得到尽情发挥，让共产党教育培养下所形成的那份共产主义品格，给社会留下温润清惠的美好记忆。

第三章

清苦

松立沂蒙恃自强，冬寒夏暑任炎凉。

一己得失何曾顾，更绘清荫为客忙。

——农民诗人徐元祥

1

回拨光阴的时针，我看到了 1963 年。

这一年初秋的一个中午，具体是几月几号已经没人想得起来，但是你的大儿子唐东义清楚地记得，这一天在你的老家付家茅坨村，阳光异常明媚，天色极为湛蓝，是一个好得不能再好的天气。

在这样一个好得不能再好的天气里，你 37 岁的妻子夏同香兴高采烈地拿着大口袋，端着簸箕，到生产队领谷子。在当时的农村，谷子和小麦一样，都属于老百姓最看中，也最少吃的细粮。谷子加工成小米再碾压成米粉，就是冬季里滋养体弱老人或养育新生婴儿的最佳食品。你的妻子夏同香刚刚生下你的小儿子唐东远没多久，因为奶水严重不足，孩子瘦得皮包骨头，她早就急切地盼望着生产队快把谷子分下来，她好加工成米粉给小东远增加营养。所以走在路上，她的脚步轻盈而急促，心情愉快而激动，见了谁都觉得可亲可近，见了谁都满面笑容地跟人家热情打招呼，好像家中有什么喜事马上到来似的。

可她万万没有想到，当她随着热热闹闹的人流来到生产队的场院里时，那堆积如山的谷子能够分给她的，却只有区区 4 斤。

这很像当头一棒，一下子就把她打蒙了。

怎么会分这么点呢？是生产队故意欺负人吗？

夏同香在村里一向为人极好，她给多少人家调和过夫妻矛盾、婆媳不合；也帮多少人家操办过男婚女嫁、生老病死；甚至有邻居偷了她的大鹅，她也温和地告诉人家，你喜欢就留着，咱不过是隔道墙的一家人，我的也是你的，谁养都一样。就连村里谁都瞧不起的两个智障孩子，她都收为干儿子，视若己出般对待他们。可以说，她在村里是有很高的威信和人缘的，生产队怎么好意思给她亏吃呢？况且队长还跟唐家有点亲戚关系呢，他就那么不讲情面吗？

　　夏同香知道不可能，但还是和和气气地找队长问了问。

　　队长告诉夏同香，不是不想多给你家分点，是你们家只能分这些。国家的政策你又不是不知道，粗粮"人七劳三"，细粮按劳分配。你们家没人干活，挣下的工分少，谷子属于细粮，自然只能分这些！

　　所谓粗粮"人七劳三"，就是人口占七成，工分占三成。而细粮按劳分配，就是工分多分得多，工分少就分得少。整天忙得晕头转向，累得要死要活的夏同香几乎忘记了有这么一项政策，队长一说她立刻恍然大悟，心说是呢，是呢，一家五口四个未成年的孩子，只靠自己一人在生产队参加劳动挣工分，如果有钱是可以交给生产队买工分的，可在外脱产的丈夫从来没有考虑过给家里拿钱买工分的事，这挣不来也买不上，可不就得分很少的谷子吗？

　　生产队长说，赶快让乐群回来参加劳动挣工分吧，在外边脱产连家都养不起，还干个什么劲吗！大队里可催了好几回了呵，让我通知你家乐群赶紧辞了工作回来参加劳动。

　　夏同香说，我倒是想让他回来，可他回来干得了这出苦力的活吗？回来要是干不了，还多一个吃闲饭的，倒不如让他在外边好歹混口饭吃算了。再说了，回家是为国家做贡献，在外边工作一样也是为

端着可怜的 4 斤谷子，夏同香不知道这个冬天刚出生的小儿子东远该怎样度过。

国家做贡献呢，为啥还让他回来呢？不能让他回来！

然后，不管队长再说什么，夏同香端起自己的 4 斤谷子就走了。

一路上眼看着劳力多的人家高高兴兴地用大口袋往家扛谷子，想着大队里竟让自己的男人辞职回来参加劳动，夏同香的内心难受到了极点。原本异常坚强的她，竟也忍不住一路走，一路哭起来。她不知道大队里会不会强硬地让她丈夫退职回来参加劳动；更不知道这个寒冷而又漫长的冬天，该让小儿子东远怎样度过；更不知道今后的日子还会遇到怎样的艰难与困苦。

走到村街上，夏同香遇到了一位要好的大嫂。她本想擦掉泪水掩饰一下，但是这位大嫂离老远就注意到了她的异样，便上前扯住她的手关切地询问了起来。夏同香再也控制不住自己，她索性哇哇地哭了起来。一边哭，一边向大嫂哭诉。大嫂也是极为不平，但她还是安慰夏同香：不要难过，不就是少分了几斤谷子吗？有什么大不了的？等孩子们全都长大就好了。全都长大了，他按劳分配也好，按人头分配也罢，到时候咱是要人有人，要工分有工分，看看谁还能把咱怎么样！

夏同香的心里一时好受了许多，也忽然看到了几分并不遥远的希望。是啊，等孩子们长大了，不就可以到生产队参加劳动挣工分了吗，自己何必为一时少分了几斤谷子而流泪难过呢？

秋忙过后，生产队长到家里来了。他告诉夏同香，大队里又催了，让快去沂水把乐群叫回来参加劳动呢，这回再拖是不行了。

夏同香和颜悦色地说，大队里让你去，你就去，但是看在咱是亲戚的面儿上，你不能把乐群叫回来。咱生产队离了他照样种地，可沂水那边缺老师啊，学生们离了他不行啊。你去了就走走过场，再回来就是了。至于劳力的事，明年我就让俺家老大退学回来参加劳动，全算顶他爸了。

队长答应了夏同香，他走了一趟沂水，没有把你叫回家。我不知道你是不是还记得有过这回事，但是夏同香却一直没有忘记。2009年春天，张敏最后一次去寿光看望她时，夜深人静的闲聊中她又讲起了这件事，她说，"当年如果真让队长把你唐老师叫回家的话，你唐老师这辈子，就是另一种样子了，我们家也是另一种样子了。最大的不同，该是我大儿子东义的命运，他不用到生产队参加劳动，好好上他的学，说不定能考上大学，早就当了大干部，或是当了科学家也有可能呢。"

但是，老太太并没有后悔没让你回来。相反，她觉得自己做了一件最正确的事。因为你在她心里比谁都重要，你所从事的事业和所坚守的理想信念，比什么都重要。虽然，她一直觉得对不起大儿子东义。

老太太的思绪在那个夜晚回到了1964年春天。

1964年春天，东义刚满14岁，正读小学五年级。这个从小吃苦耐劳，又聪明好学的孩子，内心有一个朴素又远大的理想，那就是好好读书，长大后要像你这个父亲一样，成为吃国库粮的人民教师，然后把所挣的工资全都交给母亲，让为全家整天辛辛苦苦的母亲过上衣食无忧的幸福日子，再也不要挨饥受饿。

但是他怎么也没想到，自己刚读小学五年级，母亲就要他辍学回家当农民了。

夏同香跟张敏说，当时她经过几个夜晚的苦苦思忖与挣扎，最终咬牙作出了让东义辍学回家挣工分的决定。那个时候的她是这样想的，东义虽然只有14岁，但看上去已经是大小伙子了，可以挑起长兄为父的重担了。

唐东义当时不愿意辍学。这一天放学回家，看到桌子上有一碗香气扑鼻的手擀面，他高兴坏了，问母亲今天是什么日子，怎么舍得做好吃的了。母亲说这面是为你专门做的，你先吃，吃完了娘再告诉你为什么。唐东义说好，便狼吞虎咽地吃了起来。吃到一半，他感觉不对劲儿，是什么重大事情，让向来精打细算的母亲专门为自己做这么一碗手擀面呢？这里面一定有玄机。于是他停下筷子，让母亲赶紧告诉他为什么。否则，他就不吃了。

直到此时，唐东义仍然没有想到母亲会让他辍学。

夏同香为难了好半天，终于告诉儿子，娘想让你退学回家到生产队参加劳动呢，咱家就我一个人挣工分太难了，如果你不退学回家帮帮娘的话，不定什么时候，你的三个弟弟妹妹就会饿死的。再说，大队里让你爸退职回家劳动呢，你同意退学就顶替了他，你不同意他就得回来，你能眼看着你爸脱了这么多年的产了，再回来当农民吗？

原本十分饥饿的唐东义食欲全消，再也感觉不到面条的香甜，他用力把所剩的半碗面条摔到地上，说一声，我不干！说死也不干！然后扑倒在床上放声大哭起来。

这一哭，惊醒了正在床上熟睡的小东远，他也扯开嗓子哇哇地哭起来，仿佛在给哥哥声援。

夏同香同样是呜呜大哭。作为母亲，她又何尝不想让东义好好读书，长大后做一个跟他父亲一样有出息的男人呢？但是，为了多分粮食吃饱饭，为了不让自己的男人离开他喜欢的教学岗位，摆在她面前的可择之路只有让儿子退学这一条，别的她还能想出什么更好的办法呢？于是，她在哭的同时也为儿子的不顺从而恼怒，便上前按住东义，扯下他的裤子，用鞋底狠狠地在他屁股上打了一顿。

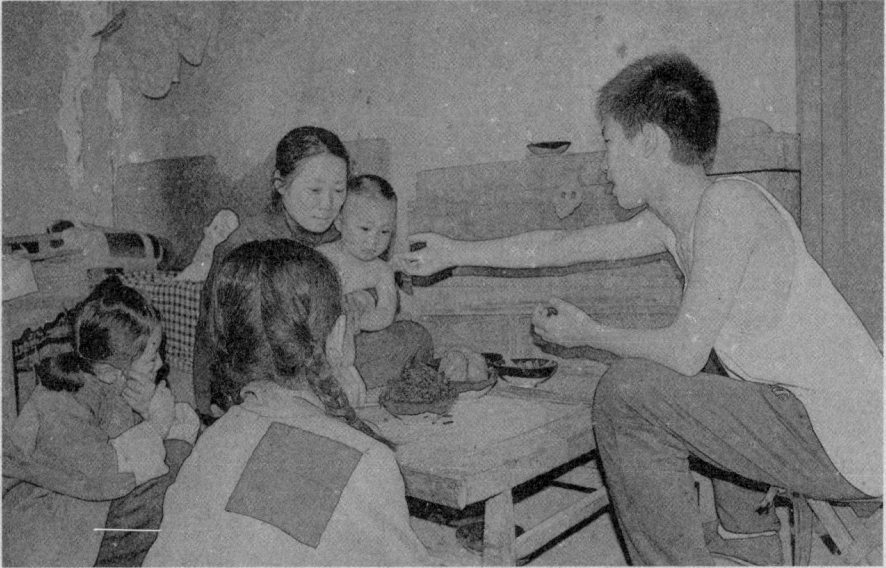

艰苦岁月中，夏同香和她的儿女们。

这顿打，让东义的屁股青紫不堪，他再也不敢和母亲顶撞，甚至哭也不敢大声哭了。

夏同香冷静一会之后把东义揽在怀里，流着泪告诉他，你是家里的长子，你必须和娘一起挑起养家糊口的担子，不然的话，我们的日子可怎么过啊？难道我们非得让你爸爸退职回来参加劳动吗？再说，你爸爸真要回来当了农民，我们还有多少脸面在村里晃悠呢？而你爸爸不回来，你也不退学，有一天真把你的弟弟妹妹们饿出个好歹来，我又怎么向你爸爸交代？你又怎么看得下去呢？

这段情节，不知道你生前了解与否。你的孙女唐长华，也就是唐东义的大女儿，对这段故事了如指掌，因为爸爸唐东义多次对她讲过。采访中长华跟我说："当时我爸爸并未马上理解我奶奶的心情，他只是哭着质问我奶奶，我才14岁，你就逼我帮你把家里的担子挑起来。那我爸爸是一家之主，一个月国家给他好几十块钱的工资，他不回来参加劳动也行，他把工资给家里拿回点来不行吗？他为什么一年到头很少给家里钱？他的工资都哪去了？"

夏同香一时语塞，不知道该如何回答儿子。后来东义一再追问，她才告诉儿子，你爸爸在外面也不容易，他要办的事情太多太多，那点工资不够他支配的。我们不要指望他，他能在外面把工作干好，平平安安的不让我们操心，我们就知足了。

这种解释唐东义仍然不好理解，他也不相信爸爸会眼看着自己的儿子为挣工分而辍学，所以第二天一早，他瞒着母亲早早起床，徒步走到寿光车站，先坐车到益都，又坐车到高桥，找到了他既恨又想的你这个爸爸。

一路上他曾想，见了爸爸他不说别的，就说让爸爸每月给家里一些钱买工分，那样的话他就不用辍学，母亲也不用为一家人的吃饭发愁了。

但是当他站在高桥五中的院子里，听到你为学生讲课的悦耳声音时，他除了默默流泪之外，什么想法也没有了。他知道自己见了你根本不敢说出想说的话，他从小就怕你，不见你的时候想念你，见了你连话也不敢跟你说，现在他又有多大的胆子敢让你每个月给家里拿钱买工分呢？

在学校里吃了两顿饱饭，和你这个爸爸在一张床上睡了一晚的觉，唐东义几乎一句话也没说。第二天一早，被你送到高桥车站，坐上汽车到了益都，又转上去寿光的汽车，他回家了。

母亲问他，怎么？到沂水找你爸爸去了？他回答：嗯。母亲再问：见到了？他回答，嗯。母亲又问他，那你爸爸怎么说？他便再也不回答了。过了好多天以后他跟母亲说，爸爸真能看书，点个油灯看了一夜，什么时候上床睡得我都不知道。

从沂水回来后的第二天早晨，唐东义扛起锄头和母亲一起走进了充满希望也充满苦涩的广阔田野，成了生产队里年龄最小的社员。自此，也注定了他此生再也摆脱不掉农民的身份，再也离不开脚下的这片他爱也得爱，不爱也得爱的黑土地。

2

夏同香比你大八岁。当初，22岁的她嫁到你们唐家的时候，你恰好是东义辍学时的年龄：14岁。

14岁的你那时正读小学二年级，还没有东义14岁时的那份成熟与刚强。你那时个子很矮，人很瘦，看上去就是个十足的孩子。父亲之所以让你娶个大八岁的媳妇，是因为家里需要一个成年女人缝补浆洗、推磨拉碾、烧火做饭。你母亲在你两岁的时候病逝了，家里没个女人照应，只会出苦力的父亲连顿像样的饭菜都做不熟，衣服破了更是不知道怎么缝补，还有你的两个伯伯需要照顾，日子过得相当艰难。于是，早在你七八岁的时候，父亲就为你看好了夏家茅坨村老夏家能干、懂事、心灵手巧，又从里往外透着几分刚强的大女儿夏同香，便托媒订下了这门亲事，等你满了14岁，不管你同意不同意，查了个好日子，便将夏同香娶进了家门。

尽管拜堂的时候你跑到外面和小伙伴们玩去了，是父亲硬把你拖回来成的亲。尽管新婚之夜你跑到父亲房里睡去了，父亲怎么给你讲道理也不听，直到你睡着了父亲才让人把你抱进了洞房。尽管你在好长时间里不敢和新娘子正脸说话，连一起吃饭都低着头不敢看她。尽管有两年多的时间，你早晨洗脸都是媳妇亲自帮你洗，水弄到眼睛里了你还噢噢大叫，怨她不会洗。但是夏同香一进唐家，便一心一意地过起了日子，便成了你们唐家再也离不开的顶梁柱。你父亲和你两个伯伯为此满心欢喜，非常知足，逢人便说乐群有福，我们三个老汉也有福，娶了个贤惠能干的好媳妇来家。

而在外人看来，夏同香才是最有福的，因为她嫁过来7年后，你就考入了益都师范学校，紧接着又成了吃国库粮的脱产干部。在当时那个尚且贫穷落后的年代里，作为女人，还有比嫁给脱产干部当妻子更风光、更幸福、更有福气的事吗？

22 岁的夏同香嫁给了 14 岁的唐乐群。

可在风光幸福的背后，谁又知道夏同香的付出有多大？结婚后的年年月月里，她要照顾你的父亲和两个伯伯，更要养育你幼小的儿子和女儿，更为了供你去益都师范读书，完成公公一定把你培养成才的愿望，她把娘家陪送的七八件心爱的嫁妆全都卖掉了。夏家的日子是比你们家好很多的，夏同香的母亲当初之所以给女儿那么多的陪嫁，就是希望女儿嫁过来之后能够让人看得起，能够过一份好日子。如今她把陪嫁一件不剩地全都卖掉了，虽是心甘情愿，但也难免辛酸和失落。其实这还不算什么，更重要的是，她要以柔弱的肩膀，无可推卸地为你，为你的父亲和伯伯，为你的孩子们，为这个贫穷的家，承受着来自生活本身的各种沉重压力和负担。

唐姓家族在付家茅坨村虽然有三十几户之多，但你们这一脉与其他唐姓人家在血脉上早已离得很远。几百年前，唐家的先祖从几十里外的刘家桥村迁到了付家茅坨村，几个儿子当中有人过得富裕，人丁兴旺；有人过得贫穷，娶妻都难。你爷爷的爷爷，或是更早的祖辈，就属于后者。所以到你父亲这一辈的时候，你们在付家茅坨村人丁稀少，能够算得上近亲的，屈指可数。而你又是家中唯一的男孩，形不成势力，所以没有谁可以尽心尽力地帮助你们。夏同香独自一人拉扯着四个孩子，既要到生产队参加劳动挣工分，又要推磨推碾，烧火做饭。还要给孩子们缝缝补补、洗洗涮涮、织布纺线。艰难困苦中的日子，步步泥泞，她却无法指望自己的丈夫给予照顾，她只能挺着。挺不住的时候，她也只有亏待自己的孩子——让儿子东义辍学回家当农民。

在我和徐兆利局长带着摄像师庞立军等人，为做纪录片《清曜四韵》赶到付家茅坨村采访唐东义的那个时候，这个因患严重的贫血病，坐在轮椅上不能自由行动的汉子，面对镜头只是一个劲地哭，我们安

为了一家人有衣穿，夏同香常常纺线到深夜。

慰了他好久，他才断断续续地说：我、我、我小学没上完，就、就不上了，还有俺两个、两个妹妹，一天学也没上啊。

唐东义过早地替你这个父亲挑起了家庭重担，却未能减轻你妻子夏同香的生活压力。以致你的两个女儿东美和东秀，虽然渴望读书，却未能走进校园半步。

唐东远在采访中告诉我："两个姐姐之所以未能走进校园读书，是因为我母亲需要她们帮助照顾家庭。我姥姥那边没有男孩，只有三个女儿。我母亲是老大，下边还有两个双胞胎妹妹。我姥爷在我母亲还不大的时候就去世了，我姥姥年老之后瘫痪在床五年之久，三个女儿轮流照顾。我母亲分身乏术，只好让我大姐东美替她去照顾我姥姥。而我那时候还很小，我母亲又不能天天在家照看我，她还得到生产队参加劳动，所以就把我交给我二姐东秀照看。如此一来，我母亲又如何让我两个姐姐走进校园读书呢？况且我父亲对家庭大撒手，既不往家拿钱，也不关心孩子成长，任我母亲做主安排，在日月极其艰难与重男轻女观念的双重挤压下，我的两个姐姐是不可能有机会走进校园读书，也注定不会有一个如意人生的。"

在唐长华的眼里，大姑唐东美和二姑唐东秀年轻时都很漂亮，也很聪明，包括她父亲唐东义在内，也是非常聪明的人，假如能进学校好好读书的话，他们一定都能成才，绝不是现在的命运。

你的二女儿唐东秀回忆，你在沂水师范学校任教导主任的时候，18岁的她曾抱着极大的希望来到你身边，一方面想替母亲照顾你的生活，另一方面也想让你安排一份临时工作，以此改变她的命运。其时，沂水师范学校恰好组建教职工幼儿园，需要教师，相关同志便主动找你，让东秀去幼儿园担任了老师。用东秀的话说，那也不叫老师，就

小东远是二姐东秀看大的。

看到别人家的孩子背着书包去上学，东美和东秀姐妹俩羡慕极了。

是在那儿看着孩子玩。然而由于东秀没有文化，在幼儿园只待了三个月便感觉很难适应这份工作，再加上非常想念母亲，她便辞职回了寿光。

走的时候，你送东秀去沂水汽车站坐车。东秀一路上低头不语，再也没有了刚来沂水时的那份快乐与欢欣。她只是别着头，一脸的忧郁。等坐上汽车眼看与你分别的时候，她突然哭着对车窗外的你说，爸，我和我姐这辈子，都是让你坑了。你哪怕稍微管管我们，让我们像我大哥似的上三年五年的学呢，我们也能出来干点事啊，现在好，我连哄个孩子都哄不了。回去就一辈子当农民的老婆去吧！

东秀说你当时什么也没说。孩子们从来话都不敢跟你随便讲的，更别说顶撞你、冲你发脾气了。这一次东秀算是斗胆开了先河了。但是，她说得不对吗？你无法说她说得不对。所以面对她的责怨你什么也说不出来，你只是呆呆地看着汽车慢慢地离开你，带着你哭泣的女儿消失在了大路的灰尘之中。

我猜想，你此时的心情一定是不平静的。孩子们都长大了，他们开始面临人生前途的抉择了，而可供他们抉择的路有几条呢？除了正上学的小儿子东远还有希望之外，其他三个孩子也只有当农民这一条路。而在当时的年代里，当农民就意味着吃苦受累还要被贫穷折磨，只要有一线希望，有谁愿意让自己的孩子一辈子在"农民"这个身份里挣扎？而你原本是有条件不让他们当农民的，最起码可以让两个女儿走出农村，到城里干个临时工作，嫁得好一点。但你不愿意利用这个条件，或者在你的思维之中，根本就没有利用这个条件的意识和概念，所以他们只能走进"不幸"。从这一点上说，你作为父亲是有责任的，你真的是有责任的。尽管我这么说有一点世俗气，但同样作为女儿的爸爸，我不这么说，便感觉如鲠在喉，好像也对不起自己的女儿似的。爱女儿，疼女儿，使我在很多时候都世俗着。这大概就是我与你的境界有着巨大差距的原因吧。

3

对于你的孩子们来说，不能读书并非惟一的痛苦，还有吃不饱穿不暖的那些个漫长日月。

20世纪六七十年代，虽然全国上下有着蓬勃向上的发展激情，但是广大农村一直还处在极度贫困当中。

农业技术的低下，导致农业生产力低下。在土地缺乏的地区，农民辛苦劳累一年所分到的粮食，解决不了一家几口人的温饱问题。我记得1971年的时候，地处沂水西北乡的我们家，因我父亲的不幸生病和去世，全家三个劳力有一半时间没在生产队劳动，秋后分粮不够半年所用，第二年吃了一春一夏的糠菜窝窝。当时我四叔只有15岁，因到山上采树叶被看山人抓住痛打耳光，以致好长一段时间左耳失聪，医治了大半年多才得以恢复。

而你家人口多，劳力少，即便唐东义辍学回家帮助母亲挣工分，情况或比以前有所改善，但是想要吃饱穿暖，仍是一件十分困难的事。

唐长华曾多次听父亲说，那时候一件衣服要穿好几个人。他穿小了，缝缝补补给大妹穿；大妹穿小了，缝缝补补再给二妹穿；二妹穿小了，再缝缝补补给小弟穿。一件衣服兄弟姐妹四人就这样一直穿下来。最后实在没法穿了，还要用来制鞋帮做鞋面。

唐东义对艰苦生活的记忆异常深刻。在我第二次专程到寿光采访他的时候，他虽然仍在病中无法正常接受采访，但他不再像第一次接受采访时那样情绪激动。他坐在炕沿上，不时地用拐棍支撑一下倾斜的身子，努力用断断续续的回忆告诉我，因为当年粮食不够吃，很多时候，晚饭母亲只让喝稀粥。那是稀到可以照见人影儿的玉米粥，一大锅水只放两三勺玉米面，他连喝四碗，当时感到肚子很饱了，但是到了夜里，仍然饿得睡不着。两个妹妹也同样饿得受不了，兄妹三人便悄悄起床蹲在院子里吃大葱喝凉水。有时甚至连大葱也没得吃，只能喝凉水。

这一切，你知道吗？唐老。你的妻子夏同香都知道，因为她也和孩子们一样挨饿。她也常常饿得睡不着。好几次她甚至不是饿晕在干活的地里，就是饿晕在正走的路上。但是作为母亲的她，却不愿意把有限的粮食拿出来尽着孩子们吃，因为她知道，家里那点可怜的粮食提前吃光了，到了冬春时节，日子将会更加难过。这和当年我们家挨饿时，我祖父要求祖母做饭每人每天只能吃二两地瓜干的想法是一样的，只有把家里的粮食平均到每段日子里去吃，才不至于肥了秋天，苦了冬天，惨了春天。

常常地，夏同香隔着窗棂看到孩子们在月光如昼的院子里喝凉水吃大葱，她的内心疼痛无比，眼泪唰唰地往下流。她很想告诉孩子们空腹吃大葱喝凉水是会胃疼的，但却没有勇气把话说出口，因为她没有更好的办法解决孩子们的饥饿。

后来，连最小的东远也加入了深夜起床喝凉水的行列，因为他在母亲的特殊照顾下，虽然比哥哥姐姐们多吃一点，但也没有吃饱的时

饥饿中的孩子们深夜跑到院子里喝凉水吃大葱。

候，他也需要用凉水来哄哄自己的肚子，才能睡得安稳，睡得香。

写至此处，内心十分酸楚。因为我也经历过这种不堪回首的日子。而这种日子说给今天的孩子听，他们是很难相信的。就连自己有时回忆起来也怀疑，那时候真的会有那种日子吗？在那样的日子里，我们是怎么挺过来的？或许这也充分说明，我们现在的生活真的是进入天堂，今非昔比了，不然怎会怀疑自己的记忆呢？

4

生活艰难，让孩子们更加盼望你这个父亲回家。

虽然东美和东秀都说你回家的时候她们都不敢靠近你，也不敢主动跟你说话，但是，她们仍然盼望你回家。

唐东远说，小时候只要你回家，那就是过年。

在唐东远的记忆里，你每次回家都会带回沂水产的大花生。那时的寿光可能因为土质原因不种花生，沂水却是花生的重要产地。所以你只要回家，必定会在提包里带一些炒花生给孩子们吃。

吃着父亲带回来的炒花生，唐东远和他的哥哥姐姐们对你这个父亲充满了感激，他们完全忘却了你对他们成长的无视与忽略，只觉得你是世界上最好的父亲。

更重要的是，你这个父亲回家了，他们的母亲，笑容会比平时稠密了许多，话也比平时多了许多、甜了许多，家里满满的都是欢乐和温情。他们的幸福感也因此获得放大。甚至走在同村孩子的面前，也比往常多了几分神气。

然而，你却不是年年回家。很多时候，他们盼星星盼月亮一般盼望你回家，你却终年不见踪影。

唐东远说，有一回，你一连两年都没回过家，到了又快过年的时候，家里没有收到你的 10 块钱汇款，一家人以为你一定会回家过年，全都兴高采烈地翘首以待。到了要过年的最后几天，母亲就领着他们兄弟姐妹四个到离村子很远的路口去等待。等一次不见回来，等两次不见回来，一连等了五六次仍然没见回来。母亲特别特别失望，坐在寒风里好久好久不说一句话。但是缓过神来以后，却装出一副无所谓的样子跟四个孩子说，不回来拉倒，咱们娘几个自己过年。可是到了夜里，母亲却难以入睡，她悄悄地靠在床头上哭，哭了很久很久。她不想让孩子们知道她在哭，声音压得很低很低，但是孩子们却是感觉到了，也都跟着悄悄哭。第二天一起床，一家人的眼睛都是红肿的。

你不回家，你妻子失望，你的孩子们自然更加失望。在唐东远的记忆中，他的童年时代，内心涌动最多的情感，就是思念你这个父亲。他常常一个人坐在家门外的巷子口，呆呆地想着，父亲如果突然出现在他面前，那该是多么美好的事情啊。此时此刻，他往往会听到别人家的孩子喊爹，那一声声爹对他来说是那样的有滋有味，令人羡慕。更怕看到别人家的孩子在父亲怀里撒娇。一看到别人家的孩子在父亲怀里撒娇，他就感觉特别委屈，泪水便会断线的珍珠般长流不止。惟一能够让他感到一丝安慰的，是你回家时留下的几个烟盒。

采访中，回忆起这一情节唐东远无法控制自己的情绪，他几次哽咽，流泪不止。他说你回家过年的时候，会带回来一种叫"黄金叶"的香烟与村里的叔叔大爷们一起抽。烟抽完了剩下烟盒，他就捡起来

小东远坐在巷子口，渴望着爸爸的归来。

塞到粮囤的缝里，想你的时候他就拿出来看看。他那时候觉得，看到烟盒就像看到爸爸一样，内心充满了苦涩的温情与自豪。

你不能做到每年都与妻子儿女团聚，不是你不愿意回家，而是很多时候，你要利用假期学习；更多的时候，则是因为没钱回家。

南朝时期，有位官员叫褚玠，曾担任过太子庶子、中书侍郎、戍昭将军、山阴令。他为官过于清正廉洁，从不收受贿赂，在受到豪强诬陷被免除山阴令一职时，竟然拿不出返回京城的路费，只好留在山阴县境内种蔬菜自给。皇太子陈叔宝听说此事后，亲自写信给他，并赐粟米二百斛，他才得以返回京都。

你和褚玠虽不在一个时代，但是你们的品格都是一样的。

你的工资大多用来帮助了贫困学生和孤寡老人，往往一到过年的时候，就没有回家的路费了。如果连回家的路费都没有的话，你又怎么可能有钱照顾家里的老婆孩子呢？

没钱照顾家庭，甚至没钱回家和妻子儿女团聚，你就更不可能有钱操心儿女们的事情。唐东美和唐东秀都告诉我，她俩结婚的时候，你既没有回家送送她们，也没有给她们一分钱。唐东义则哭着告诉我，他结婚的时候，房子是自己盖的，家具是自己做的，就连按照当地习俗给女方的一块一丈二尺的土布，也是母亲借了织布机，大妹妹帮他织出来的。你这个做父亲的同样没有回家给他操半点心，也没给他一分钱。到了 20 世纪 80 年代中期，东义的儿女们都已长大，再住在原来的狭窄房屋里实在不方便，他便决定在老房子前面再盖三间新房子，但夫妻俩一同到临沂找你，由儿媳开口希望得到你的帮助时，你这个当副专员的父亲也是只掏出 200 块钱给了他们。那个时候，200 块钱虽也算不小数目，但离他们盖房所需要的费用，还是相差很远的。接钱在手之后，唐东义的内心倒是充满了对你这个父亲的感激之情，因为他从来没见你一次掏出这么多钱给他和母亲。儿媳的心里却多少有些抱怨，觉得十五六年了，自己嫁到唐家生儿育女付出了很多很多，你这个当公公的对他们从来不管不问，现在张口跟你要回钱盖房子，你却只给区区 200 块钱，你就不觉得对不起儿子媳妇吗？

但是你，感觉不到儿媳并未显露的那一点点抱怨，或者不去想儿媳会不会抱怨。你给他们钱，不是在尽父亲应尽的责任，而是给他们一点支持与帮助。这种支持与帮助，只能局限在 200 块钱上，不会再多。

1988 年底，唐东远结婚。此时的你已在山东工程学院担任副院长，工资收入虽不像后来那么高，但 20 世纪六七十年代相比，已经好了许多许多。对于很多像你这种高干家庭来说，儿女结婚，父母总要拿出几千或上万元用于布置新房、操办婚礼的。但是你，却仍像对待长子唐东义那样，只给了唐东远 200 块钱。并且警告东远，不准铺张浪费，不准收受任何礼金，否则，我就不认你这个儿子！

那时的唐东远没有多少积蓄，他上班虽早，但在你和老伴都住临沂的那几年，他的工资除了留点零花钱，全部交给母亲作生活费了。现在结婚需要花钱，母亲没钱给他，他自己也拿不出多少钱，而你只给他 200 元，加上两个姐姐和大哥给的钱，总共也就 500 元。他这个婚该怎么结呢？500 元放到今天，只是一桌普通酒席的菜钱。放在当时，也勉强够买几把椅子、一张餐桌、几件生活用品的。与结婚所需，相差甚远。

从淄博往临沂返回的路上，唐东远委屈不已，也愁绪满肠。本来结婚是件令人高兴的事，很多人结婚不都是激动万分，几天几夜睡不着吗？但对他来说，却成了倍感压力和左右为难的事情。

回到临沂，唐东远不敢告诉爱人小叶你只给了他200块钱，因为在小叶心里，你这个高干公公再怎么清正廉洁，手里也会有一些积蓄的，人都说可怜天下父母心，儿子结婚，你怎么也会全力支持一下，只不过会比别的高干家庭节约一点就是了。而你却偏偏只给了他们200块钱，东远担心小叶一旦知道实情，会受不了这份打击，从而影响你们公婆与儿媳之间的相处。于是便悄悄找朋友借了1500块钱交给爱人，谎说是你给的。毕竟1500块钱虽不算多，却在常理之中啊。

但是，你并不觉得给200块钱有什么对不起儿子媳妇的，也从来没有想过要对儿媳隐瞒什么。只是你的老伴夏同香心怀歉疚，所以东远结婚不久，她就从淄博赶到临沂看望，并借机向儿媳小叶表达了歉意，希望得到儿媳的理解和谅解。小叶人长得漂亮，心地善良，虽是普通家庭出身，但是父母家教好，个人素质很高。在这件事上，虽然一开始她是难以接受的，婆婆一把实情说出来，她便张大了嘴巴半天说不出话来，委屈的泪水唰唰而下。可是看到满面沧桑、头发花白的婆婆在她面前尴尬不已，老泪双垂，内心立刻生出万般不忍，于是擦一把泪水反过来安慰婆婆，说："好了好了，这事就让它过去了吧，你也别再放在心上了。其实仔细想想我也能够理解爸爸的心情，他是让我们学会自立，凡事不要依靠父母，所以我不会有什么怨言的。只是小孩子脾气，一时觉得委屈一点罢了，请你们放心就是了。"

但把婆婆高高兴兴地送走之后，小叶却好久无法理解你这个公公，一个副厅级领导干部啊，怎么就把日子过得如此寒酸呢？日子过得如此寒酸，你的个人生活该会怎样的清苦呢？

5

王守琨对你的个人生活了如指掌，他说你这一生过的日子，说得好听点叫艰苦朴素，说得不好听点，可以说相当可怜。

什么叫相当可怜，苦到与你素不相识的人，看到后都会产生痛感，那就叫相当可怜了。

王守琨和他的同学们至今都还记得，当年你在高桥五中教书的时候，因为把大部分的粮票和工资都救助了贫困学生和当地孤寡老人，你时常忍受高度饥饿的折磨。他们曾多次看到你饥饿难挨之时，生吃在校舍旁边栽植的辣椒，或是到集市上捡人家扔掉的茄子蒂用清水煮食。

在拍摄纪录片《清曜四韵》过程中，为了还原当年你吃辣椒充饥的情景，我让扮演你的青年演员李经堂真吃辣椒喝凉水。经堂非常敬业，弄来大把的青辣椒大口大口吃起来。结果不一会一头的热汗就冒了出来，而且脸色涨红，嘴唇发紫，一场戏没拍完，他就胃疼得受不了，捂着肚子蹲在地上好半天直不起腰来，直到我派人到超市给他买来几个包子吃上，胃痛才得到了缓解。他开着玩笑直呼，再也不拍这种戏了，这哪是拍戏啊，这简直就是要命啊。

到了还原你清水煮茄子蒂吃的那场戏时，李经堂轻松愉快地就把十几只茄子蒂吃完了。我便开玩笑说，看来茄子蒂比辣椒好吃啊，看你，吃茄子蒂像吃肉一样。他说不是茄子蒂好吃啊魏老师，而是通过吃辣椒我体会到了唐乐群老师当年的清苦与伟大，觉得吃茄子蒂对当时挨饿的唐老师来说是件很快乐的事，所以我要演出那种感觉来，不

望着婆婆远去的背影，作为儿媳的小叶想了很多很多。

然对不起唐老师啊。

此话一出，我顿生感动，觉得拍这部纪录片真是拍对了，它真能给人以教育，让人感受你的情怀，体味你的品格，传播你的精神。

或许，忍受过度饥饿的时候并不常有。你的学生刘镇库说，当年你实在没东西可吃的时候，河北大队的干部看不下去，曾经给你送过地瓜和南瓜，也有老百姓心疼你，给你送过土豆或茄子。不然很难说你会不会因为过度饥饿而发生意外。但过清苦的生活，对于你来说却是一种常态，也是一种习惯。

四个子女中，唐东远在你身边的时间最长，对于你的清苦生活，他印象最深。他从未见你在吃穿上有什么讲究。无论春夏秋冬，你永远都是几件他母亲亲手给你缝制的粗布衣裤，永远都是普通百姓常穿的老布鞋，从未穿过西装，打过领带。惟一一套中山装，一双黑皮鞋，是你参加中国共产党第十二次全国代表大会时买下的。这套对你来说最为高档的行头，只在非常重要的活动中穿用，而且用了一生。

中国人民大学附属中学副校长、全国优秀教师王金占在 2010 年写的一篇纪念你的文章中说，当年他在沂水一中当教师的时候，曾经用自行车送你到沂水汽车站坐车去省城参加一个重要会议，由于那时的道路全是坑坑洼洼的土路，夜里又下了一场大雨，满路泥泞，早上起得太早又看不清楚，他竟一个不小心把你摔进泥坑，导致你的中山装和黑皮鞋沾满了污泥。但你并未对他表示不高兴，也未回家换衣服，而是反过来安慰他一番，然后高高兴兴带着一身污泥坐上了去省城的长途汽车。赶到省里以后你是怎么解决一身污泥，从而不至于尴尬地出现在会议现场的，他不得而知，但他由此对你更多了几分崇敬，觉得你是一个真正不慕虚荣，只重实干的人，值得他一生效仿与学习。

2008年春天，你因病住进了齐鲁医院。你在高桥五中教书时的学生、曾担任济南市历下区人事局副局长的季虹闻讯后，急忙与丈夫宋德华先生赶去看望你，当发现你的衬衣衬裤竟然补满了各色补丁时，六十多岁的她当场落泪，泣不成声。她不明白，你身为副厅级领导干部，每月工资几千块，为何连件像样的内衣都不舍得买。她悄悄离开医院，到商店给你买了一套纯棉内衣。后来，你的另一位学生段新婷也给你买了一套纯棉内衣，这两套内衣，成了你有生以来穿过的最为高档的内衣。

　　唐东远在沂水第一高级中读高中的时候，你恰好在这里任校长。他跟在你这个父亲身边，最大的体会是吃不饱。你自己吃饭非常节省，不舍得吃菜，很多时候只啃咸菜吃馒头，他也跟着你吃不饱，更难吃好。你每个月只给他25斤饭票，正在成长期的他不到20天就吃没了。剩下10天没饭吃，他却不敢开口跟你要。党克明作为当时的沂水一中教师，与你感情很好，与东远也有一份深厚的师生情。他说东远饭票吃没了就趴在教室里的桌子上偷偷哭，他发现后赶紧找到你，说唐校长啊，你得给东远饭票让他吃饱饭啊，正是长身体的时候，让他饿着肚子哪行啊。你这才知道儿子已经没饭吃，急忙再给东远一点饭票。东远接过饭票，好几次忍不住泪流满面，这种流泪不是因为感激，而是因为当你的儿子委屈。

　　其实你的饭票也不够吃。你每个月的供应粮是27斤，在高桥五中的时候，你每个月会拿出十几斤救济那些家庭困难的学生，以及附近村庄的贫苦百姓，现在生活变好些了，困难学生少了，不需要你再拿出太多饭票做这种善事了，但是加上了东远，你有很多时候也仍然是挨饿的。你有严重的胃病，其实就是经常挨饿造成的。唐东远后来明白了这一点，在母亲还没有农转非来沂水的那个时候，他给母亲写信，让她通过当地粮站每个月转几十斤粮食，补充你们父子二人的口粮。

东远告诉我，他母亲从寿光老家往沂水转了粮食以后，你们父子二人总算可以吃饱饭了。但是对于东远来说，光吃饱饭是不够的，那时候他年龄还小，对营养的需求量大，平时学习又累，就总觉得头晕，精力不集中。所以有时就想听从班主任老师的建议，吃点有油水的好菜补一补。可要吃好菜，得去教师食堂才能吃得到。当时的沂水一中，教师与学生食堂分离，由于教师有工资，教师食堂的饭菜要好过学生食堂，很多让孩子在身边读书的教师或学校领导，都让孩子跟着自己在教师食堂就餐，这样既方便照顾孩子，也能让孩子吃得好一点，免得孩子缺乏营养，影响长身体。然而，这在你看来，却是违背做人原则的大事，所以你从不带东远到教师食堂就餐。东远想吃碗好菜，就得自己偷偷去吃。

东远回忆说，有一次他偷偷到教师食堂打饭让你发现了，你立刻大怒，冲上去一把将饭盒夺过去，当众摔到了地上，然后责问他为什么私自跑到教师食堂打饭？学生食堂没饭吗？并大声骂着让他滚出去。那一次，东远十分伤心，他跑到学校的操场上哭了好一会，一连两顿没有吃饭。

东远和他的哥哥姐姐们一样，是一直惧怕你的。但是他也曾私下里硬着头皮质问你，为什么别人家的孩子可以去教师食堂吃饭，我就不能？你的回答只有一句话："因为你爸爸是校长！"后来，你又和蔼地告诉他，我们之所以不能去教师食堂就餐，是因为我们与别人的做人原则有区别。你是我唐乐群的儿子，你就要学会吃苦，就要学会独立，不要因为生活稍微苦一点，好事不能沾一点，就觉得受不了。如果连一点小苦都受不了，如果连一点小好处都放弃不了，你这辈子是不会成大器的！

回忆起母亲从寿光农村到沂水一中与你团聚后的日子，唐东远更是感慨万般。他说："母亲来了以后我们算是有了新家，可我们家当时可怜到什么程度，连个板凳、椅子都没有。来了客人坐什么？坐我爸爸成捆成捆的书。后来，我爸爸调到临沂行署当副专员，这才花六十块钱买了四把折叠椅。这四把折叠椅，在我爸爸去世后，我和我大哥一人两把留作了纪念。"

在拍摄纪录片《清曜四韵》的时程中，我们摄制组一行在王守琨先生的引导下，去了你在淄博山东理工大学的家，我们看到了你去世后留下的全部家当：一套破旧的折叠式餐桌，一张老式的双人床，一个简单的书架。你孙女唐长华告诉我们，这就是你在担任临沂地区行署副专员时，组织上配发给你，你调任淄博时又花钱买下，直到离世也在用的家具。

6

中国人讲究死后给子孙留下多少物质财富。而你去世后，留给子孙的却只有"忠诚，守信，谦虚，勤勉，无私，俭朴，善良，清白"这些既有中华优秀传统文化基因，又有共产主义信念包含其中的精神品质！

唐东远说，早在1981年的时候，你就曾用红笔给他写过一封信，你在信中说：将来，我在物质方面不会给你留下什么财富。我想在精神方面给你留下一点"薄产"，你如果能继承这点东西，并予发扬，那我即喜出望外，心满意足，死而无憾！

这与东汉名臣杨震为子孙后代留遗产的观念是一样的。杨震为官一生，清贫如洗，他的子孙也跟着他蔬食徒步、生活俭朴。到了晚年，他的许多老友和长辈想帮他置备一些产业，以便留给子孙，他坚决拒绝，并说："为什么要给子孙留产业呢？给他们留下我的一世清名，让后世称他们是清白官吏的子孙，不是很好吗？"

以禁烟闻名的清代名臣、著名的思想家、民族英雄林则徐也曾主张不给子孙后代留什么物质财富，他说："子若强于我，要钱有何用，贤而多财，则损其志；子若不如我，留钱有何用，愚而多财，益增其过。"以其精辟的言辞、超脱的观念告诉世人，不要在给子孙后代留遗产的问题上耗费脑筋，如果子孙比你强，给他留下的钱财多了，就会消磨他的斗志，妨碍他成为有用之才。如果子孙不如你，完全是个愚才，没必要给他留钱财，一个愚钝的人拥有过多钱财，只会增加他的过失，那是害他。

你就是杨震的一个翻版，林则徐的一个缩影。你看到了东远非凡的才华和过人的能力，所以你给东远写信，告诉他将来给他留下的不会是物质财富，而是精神上的"薄产"，这种"薄产"就是上面提到的"忠诚，守信，谦虚，勤勉，无私，俭朴，善良，清白"。而且唐东远未负你之所望，他全都做到了。

牛耀宗老人作为曾经的中共临沂地委副书记、组织部部长，与你一起为官四年之久。对于你的清苦，他有深刻体会。当我们摄制组一行在济南英雄山下采访这位看上去精神矍铄的老前辈时，他满怀深情地回忆起了对你的种种印象：当了地区行署副专员，按说地位高了，权力大了，衣食住行各方面也得有所提高了。但是唐乐群同志不，他吃饭永远都是简简单单，床单被子破了补一补再用，很少换新的，始终保持着普通人的本色。那时，国家正值改革开放初期，经济尚在复苏阶段，所以不论是普通职工还是领导干部，工资都与几十年后的今天无法相提并论。很多领导干部为了尽量减少生活开支，好把钱攒下来拿回家，养活没有经济来源的老婆孩子，连一顿饭几毛钱的食堂也不舍得去吃，就在宿舍里煮面条，做疙瘩汤，或者就着咸菜吃老家送来的煎饼。偶尔高兴了才会煎个鸡蛋，烧个小咸鱼之类的解解馋。而唐乐群同志的生活，远比我们这些干部更艰苦，因为他的钱都花在救助困难群众身上了。

唐长华在你担任临沂地区行署副专员的初期，曾在临沂实验中学就读过半年，在她的印象中，行署分配给你暂住的一套三居室的房子，里面除了几张配发的床和自己购买的四把折叠椅、一张折叠吃饭桌之外，其他像样的家具一概没有。她记得你是有个书架的，但那个书架是你自己用破木板做的。她忘记了那是什么木质的板子了，只记得板面非常粗糙，连刨光也没刨光，更没有凿卯带榫，只是用大钉子那么钉了钉，就摆上书用了起来，简陋得让人不可想象。你平时的生活很少吃鸡鸭鱼肉，多数是廉价的蔬菜和咸菜。来了客人大多在家里简单地招待，安排长华到地委食堂打一份红烧肉，那已经是最高档的待客菜了。

长华的回忆与许德福先生的回忆完全吻合。因为许德福对此也十分了解，他说，那时候吃红烧肉是十分奢侈的，不是来了客人，你是很难舍得花这份钱的。但是再尊贵的客人来了，你也在家里招待，也只能上一道红烧肉这样的高档菜，其他便是三两样简单的青菜、咸菜，从来不会大摆宴席。这不是你吝啬，而是一种良好的节俭习惯。

唐东远回忆你和他妈妈在临沂时期的生活，就两个字：清苦。他那时在家里住，在家里吃，很多时候回家看到的，不是炒土豆，就是炖白菜。坦诚的他在采访中笑着对我说，那时候自己年少不懂事，有时看到老是土豆白菜就生气，埋怨母亲："我不是把工资都交给你了吗？为什么老是吃这种不见荤腥的菜呢！"母亲则说："土豆白菜就是最好的菜，又省钱又健康。你得好好跟你爸爸学学，别老挑肥拣瘦的！我们在寿光老家的那些年，都吃什么好东西了？不是饭都吃不上的时候也有啊？现在日子好了，千万不要忘本！"

东远说，他母亲和你有着一样的生活观念，不愿意在吃喝上铺张浪费，只要能吃饱就行。这其实也是需要一定境界的。

王兰福在采访中说，你从普通教师到中学校长，二十多年的时间，装衣服的箱子就是一只从供销社要来的装火柴的纸箱子。从沂水五中调到沂水师范的时候，这个纸箱子已经破了一个大口子，你用麻线缝一缝仍然使用，一直用到担任沂水第一高级中学校长，这只纸箱子破得无法再用了，才作罢。还有一样"家具"你用了好久好久，那就是一只装水的陶罐。这只陶罐是你在高桥五中时在集市上购买的，用于平时提水洗脸和洒地。谁能想到你竟然一用就是几十年呢？这只陶罐在你从沂水师范学校搬往沂水一中的时候破损了，你用铁丝绑一绑继续使用。

在季虹的清晰记忆中，你在高桥五中任教的时候，连床褥子也没有，不管天多冷，就那么盖着一床薄被子睡在一张垫了草的破席子上。枕头也是你用一块老粗布裹着的一捆旧报纸。这捆旧报纸做成的枕头，你从高桥五中枕到了沂水师范学校，直到有个学生看不下去，回家让她妈妈给你做了个枕头送给你，你才放弃了那捆旧报纸。

清苦至此，让我想到了古代一些与你相同的清官。

明代文学家刘崧，曾官至吏部尚书。但他为官清廉，生活极为俭朴，为官前家中兄弟三人只有一栋房子50亩地，为官后房产土地丝毫没有增加。他自己一条棉被用十年，直到有一年被老鼠咬得到处都是窟窿，才不得不换掉。即便这样，他也没有舍得把破损不堪的被面扔掉，而是让妻子改成衣服给孩子们穿。

清朝早期著名的政治家、理学家、书法家汤斌，曾历任内阁学士、工部尚书等职，但他为官一生，几乎不动荤腥，一日三餐，吃的最好的菜就是豆腐汤，故有"三汤道台"的雅号。他的妻子马氏，是一个极其贤良温和的女人，夫妻感情也很好。但是马氏伴他一生，却从未穿过一件像样的衣服。有记载说，一件棉袄一穿就是十几年，已经破烂不堪了，她仍然穿在身上，走在街上一转身，竟有棉絮自袄边散落于地，其寒酸之相，与民间贫苦百姓无异。汤斌寿至60岁而终，死后，身上仅有可怜的八两俸银，家人想给他买副棺材都不够，是他的好友徐乾学拿出20两金子，才帮助他的家人把丧事办妥的。《清史稿》有言，徐乾学"赙以二十金，乃能成殡"，读之令人唏嘘。

清朝早期的官员，薪酬待遇很低，大部分官员入不敷出。为此，各级官员在征收税赋时，都会额外加征百分之五十或百分之百，以便用于办公和补贴家庭开支。到了雍正时代，发现了这一弊病，遂在全国施行政府官员薪酬改革，额外所征税银统一上缴，然后按照级别给官员们增加"养廉银"，以此提高他们的收入，避免穷而思贪，造成民怨沸腾。此时，一个一品总督的年俸、禄米、养廉银加起来，折合当今人民币 290 万元左右；一个五品知府 46 万元左右；一个七品县官 23 万元左右。表面上看，这些钱不少，比现在相应级别的领导干部收入要高很多。拿今天的县长来说，年工资也就十二万左右，挣两年还赶不上那时的一个县官多。但是清代的官员开支很大很大：老婆孩子，家奴院工，随从幕僚，日常办公、迎来送往、车马出行，一切一切的开支都从他的薪俸里出。如果真能做到清正廉洁、不贪不占，即便精打细算，把清水当香油用，日子仍会很清苦。官至高位者还好说，在权力的作用下，其家族的收入渠道可能较多，所获财富便可填补开支亏空，最起码保证一家人的温饱不是难事。但是到了县官这一级，可能连家人吃饭都成问题。因为收入比上层官员低了许多许多，需要开支的项目却不比上级官员少。无非家奴院工、随从幕僚少一些，开支的薪水低一点就是了。如果没有外快可赚，也没有家族的财富储备，他们真的是很难生存。这大概也是清代多贪官的原因，更是"三年清知府，十万雪花银"的根源所在。

明朝的情况也是如此。洪武年间，朱元璋为了防止贪腐，定下了十分严苛的《大明律》，凡贪污受贿 60 两银子即可砍头，而且还要"剥皮实草"用于示众，也就是死后剥下整张人皮再填满草，挂在街上让人参观。另外朱元璋还昭告天下，老百姓只要认为哪个官员有贪污受贿迹象，可直接将其抓捕到上一级府衙受审。但是因为官员的薪俸较低，入不敷出，仍然不能遏制贪污受贿现象的发生。洪武十八年，一桩"郭桓案"杀掉大小贪腐官员及地方涉案者三万余众。加上其他几桩反贪行动，朱元璋在位三十一年，杀掉贪腐官员不下十五万人，这是何其庞大的数字，但贪官并未绝迹。究其原因，除了人的贪婪本性所致之外，薪水太低不能满足官员们的开支所需，也是迫使他们心怀侥幸，铤而走险进行贪腐的重要因素所在。

在明清那样的低工资时代，如果想做一个刘崧、汤斌那样的清官，只有一条路，那就是让全家人陪着自己过清苦再清苦的日子。

但是你呢，唐老。你的工资收入无论是当大学副校长时，还是当地区副专员时，固然没有明清时代与你同等官员的收入高，但是你不需要应对那么多的开支，你只要在对外施惠时稍微紧一紧手，就能让自己免除清苦，也能让家人的日子好过一些。但你却不那么做，这是一种"傻"，这种"傻"不是谁都可以做到的，也不是谁都愿意去做的。只有你，只有你这种共产党培养教育出来的领导干部。

同样是共产党的领导干部，杨善洲也如你一样生活清苦。

翻阅杨善洲的事迹资料，我发现他任施甸县委书记时，家里竟也曾经吃不上饭。那是 1970 年，杨善洲的妻子面临小女儿的出生，家里的粮食却严重短缺，一家人不敢找杨善洲求援，只靠杨善洲的大女儿杨惠菊上山挖野菜掺杂在粮食中度日。偶然的机会，公社民政所的同志来到杨善洲家，发现锅里是黑绿稀淡的野菜汤，桌上仅有两个玉米面窝窝头，一家三四口人啊，就吃这点东西，这哪里是一个县委书记的妻子儿女过的日子啊。民政所的同志禁不住内心酸楚，双眼湿润。回到公社后，呈报领导批准，给杨善洲家送去了 30 斤大米和 30 斤粮票。杨善洲的妻子从来不敢擅自收受别人的财物，因为丈夫对她有着严格的要求。但是这一次她收下了，因为小女儿马上就要出生了，再不收下，难道让孩子生下来就当饿死鬼吗？

但是事情被杨善洲知道以后，大发雷霆，非要妻子把大米和粮票给公社送回去不可，因为他一直以来的原则就是永远不占公家和个人一点便宜。妻子后来真是想尽一切办法把大米和粮票折合成钱归还给了公社民政所，但是，当时面对丈夫的责骂她哭了，她指着眼前的两个女儿说，你看看孩子们都瘦成啥样了，你是县委书记，连自己的孩子都挨饿，你这县委书记是咋当的啊？你一心一意为人民服务，我们难道不是人民吗！

　　杨善洲的二女儿杨惠兰结婚时，杨善洲已经是保山地委书记。他同你一样也没有陪送女儿任何嫁妆，更没有为女儿举行婚礼。直到惠兰生了孩子，他才抽空去了一趟女儿家。那是女儿女婿租来的房子，仅有区区十几平方米，里面的陈设简陋到连个放衣服的柜子都没有，所有的衣服就那么杂乱地放在一只大纸箱子里。杨善洲过目之际一阵酸楚，内心难受，好久一句话也说不出来。临走他掏出兜里仅有的一百块钱放到惠兰手里，告诉她，做个装衣服的柜子吧，别让老鼠把衣服咬坏了。这是杨善洲作为父亲送给二女儿惠兰的最大一笔钱。这笔钱让和他一样清苦至极的惠兰感动万分，拿着钱禁不住哭着喊了一声爸爸。这声爸爸扎得杨善洲更加心痛，但他默默地在心里对女儿说，原谅爸爸没让你过上一份好日子，谁让你是我杨善洲的女儿，谁让你是地委书记的女儿呢？

　　一个走在路上把微笑给别人的人，不仅马上可以收获微笑，自己也还会有用不完的微笑。但是，一个走在路上把鞋子脱给别人的人，他自己肯定是没鞋可穿了。然而，愿意把微笑给别人的人，是一种良好的修养。而愿意把鞋子脱给别人的人，则有着共产主义的忘我精神。党的地委书记杨善洲有这种精神，你也一样有这种精神。

7

1979 年，你被评为全国特级教师。按照国家当时的政策规定，配偶和未成年子女可以农转非。消息传出，全家一片沸腾，都以为终于可以枯木逢春，苦尽甘来了。尤其是你的四个孩子，他们对国家政策没有太多了解，一听说农转非就以为全家人都可以沾上你的光，转为城镇户口了，激动地几个夜晚无法入睡。

他们无法不激动。在那个城镇户口优越于农村户口的特殊年代，"农转非"是无数乡下百姓做梦都想得到的"大馅饼"。因为一旦从农村落户城镇，便改变了他们面朝黄土背朝天的命运，便成了令人羡慕的"公家人"。就可以吃供应粮，就可以由国家给安排月月发工资的工作。哪怕在城里掏大粪，也是光荣的。也正是因为农转非的这种"光荣"，有很多长相漂亮的女子，没有正常渠道自己农转非，就走一条嫁给脱产男人的捷径。嫁给了脱产的男人，自己就有希望农转非，即便自己不能农转非，将来的孩子还可以在父亲退休后接班成为"公家人"。

然而，当相关部门派人找上门去，让你填表给老婆孩子办理农转非的手续时，你却一口拒绝了。你说："老婆孩子在农村这么多年都已经习惯了，就不要再给组织上添麻烦了。把名额给别人吧，不是还有很多优秀同志的家属都没农转非吗？"负责此事的同志以为你只是谦让，就连续找了你三次，结果你三次都以这种不成理由的理由加以拒绝。这让他们很惊讶，天下还有这种将好事拒之门外的人吗？是不是教书教傻了？但是不办是不行的，因为你的影响力太大了，从上到下的领导对你太重视了，此事不办他们无法跟领导交代，也对不起你为沂水的教育事业所做的巨大贡献。最后没办法，他们只好背着你，偷偷去寿光付家茅坨村，给你老伴和东远办理了农转非手续。

　　当时，只有你老伴和东远是符合农转非条件的，其他三个孩子都已结婚的结婚，超龄的超龄，永远失去了从农村进入城镇的机会。这使得东远现在提起来，仍为三个哥哥姐姐感到惋惜。东义、东美和东秀兄妹三人当时更是深受打击。可是组织上如果接受了你的拒绝，不背着你到寿光给你妻子和小儿子东远办理农转非手续呢？他们是不也成了"惋惜"？或者反过来说，你如果能像有些善于钻营的人那样，不仅同意给老伴和小儿子农转非，而且还做做手脚，把大儿子和大女儿的孩子放到你的名下，把二女儿的年龄改一改，事情的结果是不是又是另一番景象？最起码会有好几个人的命运不是后来的样子吧。

　　杨善洲也和你一样，当年有一个凡是地委领导干部都可以把老婆孩子农转非的机会，他同样也是拒绝了。理由几乎和你一样：她们在乡下过得挺好吗，农转非干什么？把名额给那些最需要的同志吧。下边很多科局长的家属不是都没农转非吗？

　　杨善洲的老伴和孩子，自始至终也没农转非。因为他是地委书记，他把别人帮他填好的农转非的表格往抽屉里一锁，谁也不敢再办这件事了。好在他并没有锁住三个女儿的命运，她们都上了学，都靠自己的能力改变了自己的命运。假如他的三个女儿也像你的两个女儿那样不上学不读书呢？命运自然也和东美、东秀是一样的。

　　而你当时为何拒绝给老伴和小儿子农转非呢？是你不愿意让妻子到身边生活吗？不是。你患高血压、冠心病、胃病已经多年，其实非常需要妻子到身边照顾。而且分居多年，你也知道妻子的那份凄苦，现在儿女都长大成人了，她应该离开农村跟着你过几天苦尽甘来的日子了。然而，你的工资大多用来救助贫困学生和困难群众，以及购买大量书籍，妻子和小儿子农转非后，一切生活费用都需要你来开支，你感觉无法承受。同时，你也真的希望把有限的农转非名额让给那些与你条件差不多的同志，你觉得他们比你更需要。

唐东远说，父亲一生过着清苦日子，我们也和父亲一样清苦。

此刻，我很想拿明代清官海瑞与你做个比较。

海瑞是明朝正德、嘉靖、隆庆、万历四代皇帝时期的名臣，曾从普通县令一直干到南京右都御史。他在官场大半生，以清正廉明、大公无私、刚直不阿而响亮于世，至今仍是为官者的榜样。据资料显示，他也和你一样，一生都过着异常清苦的生活。民间传说，他有个五岁的女儿因为吃不到零食，看到平常百姓常吃的烧饼都会眼馋得不行。一次，家中一位男仆给了她半块糕饼，她吃得津津有味。不料被海瑞回家恰好遇到，立刻怒不可遏，大骂女儿没有骨气，为了一点零食，竟接受一个下等男人的施舍，然后将她关进仓房，活活饿死了。然而令人费解的是，生活清苦到连女儿的零食都不能给予的海瑞，却养着许多家奴院工，娶了三妻四妾。即便在他七十多岁的暮年，也还娶了一个十几岁的女子为妾，并且还生了一个未成年便夭折的儿子。我不禁要问，雇佣那么多家奴院工难道不需要吃饭？娶三妻四妾难道她们会自带口粮？由此可以推断，海瑞作为清官无可否认，但是他的所谓清苦并非完全因为入不敷出，而是把清苦做为一种生活方式。而他这种生活方式，却无法遮掩他对封建富贵门庭的追求，所以他会雇用许多奴仆，他也会娶三妻四妾，甚至七十多岁了也还娶个十七八的娇嫩女子，因为那都是身份的象征。换句话说，他的生活确实是清苦的，而他的思想意识与价值取向并不真正清苦，"清苦"只是他塑造自己形象的一种手段和方式罢了。

然而，唐老，你的清苦，却是有着崇高人生境界的清苦，是从里到外的真正的共产党人的清苦。

唐东远在与我的一次长谈中说："当我们兄弟姐妹长大以后，也曾对父亲有所埋怨。甚至我的母亲在日子极其艰难的时候，也曾背地里埋怨过父亲。你有工资、有能力，为什么自己清苦，也让我们跟着清苦呢？最起码的为人夫、为人父的责任你得负起来啊，是不是？可是随着时间的推移，母亲首先理解了父亲，懂得了父亲，所以在我们当着她的面埋怨父亲的时候，母亲总是语重心长地说："你们的父亲之所以自己清苦，让我们也跟着清苦，是因为他是共产党的人，共产党的人就要做个上善若水普惠大众的好党员、好干部。而要做个好党员、好干部，就必须得付出足够的代价才行。这种代价就包括了亏待我们，让我们也跟着他一起清苦。假如他不亏待我们，不让我们也跟着他一起清苦，他又有多少能力做到里外周全呢？你们做儿女的要理解他，要有一种向他学习的心态，不要总是埋怨他！"

　　我知道，你妻子夏同香的原话未必如此缜密、精练和有文化色彩，但是唐东远的转述却是极为可信的。这种可信不在于他母亲是不是真的说了这种缜密、精练和有文化色彩的话，而是他母亲的境界的确达到了这种高度。一个能说出"在这个世界上，我们对谁都不要轻视"这种惊世之语的女人，她的境界能没有高度吗？有了这种高度的人，即便不会使用一些准确的词汇进行类似的表达，她也一定使用她习惯使用的语言表达过这种思想。

　　同时我也想，自己清苦，做个好党员好干部，这是你对生命价值的一种至高追求。在你心里，人生的最高境界不是享用自己的劳动所得，而是把自己的劳动所得化作春雨，滋润那些需要滋润的人。亏待自己，亏待自己至亲至爱的妻子儿女，并非无情，而是让灵魂得到清明如月的升华。从这一点上说，不仅你是伟大的，你的妻子也是伟大的，你的儿女们同样是伟大的！

第四章

清情

清情不与浅俗同，看似薄情是挚情。

世上几多柔肠事，每逢极处竟无声。

——农民诗人徐元祥

1

1978 年春天，是一个不同于以往的崭新春天。

虽然这个春天表面上看是对往年春天的重复：冰雪消融，万物复苏，杨柳轻拂，百花争艳，鸟鸣蝶舞。但是，由于这一年的春天是中国改革开放即将起航，是拨乱反正、纠正冤假错案、为"地富反坏右"摘帽的春天，也是中国对外交往开启新旅程、受到世界注目的春天，这个春天便比往年的春天更加温暖与生动。无数在压抑中走过来的中国政治、经济、文化、教育、科学、军事等领域的劳动者和忠诚的共产党员们获得了新生，重新回到了原本就属于他们的工作岗位，开始豪情满怀、信心十足地迎接一个新时代的到来；无数在困苦中挣扎了很久的中国百姓，看到了更加美好的明天，开始谋求人生的新蜕变。于是，全国上下一片清明，仿佛山更绿了，河更清了，花更红了，鸟儿的歌唱更美妙了。从城市到乡村，从内陆到边疆，走到哪里，哪里都是欢声笑语，激情飞扬。

就是这个春天，一列从新疆乌鲁木齐开往上海的火车上，与"叛徒"母亲断绝往来已经九年之久的一位女知青，怀着一颗痛悔之心正迫不及待地往上海赶着，她想象着平反昭雪后的母亲有了怎样的变化，想象着已经极为生疏的母女关系，在重新相聚后会是怎样的情景，她也想象着见了母亲后自己一定要跪下去，痛心疾首地告诉妈妈，女儿错了，请你原谅她以往的无知与无情吧。

可她惟一没有想到的是，此时的母亲已经化作一缕青烟飘散在天空中，雪白的骨灰早已装进了一只木头盒子，她再也不可能有机会跟母亲道歉，再也没有机会修复她和母亲之间的那道裂痕了。

几个月后的 8 月 11 日，这个女孩与她母亲的故事，以及在其他人身上发生的诸多类似故事，被人以第一人称写成小说，先在复旦大学中文系一年级墙报《百花》上发表，后又经过几番周折，得到了中共上海市委宣传部分管副部长洪泽同志的书面支持，由上海《文汇报》以整版的篇幅发表。见报后短短两个月，《文汇报》收到读者来信 1000多封，从普通工人、农民、解放军战士、人民教师、下乡知青，到党政干部、文艺评论家、大学教授、在校大学生，都对这篇小说给予了极高的评价。由此，小说在全国引起巨大轰动，被几十家广播电台制作成广播小说进行播放，也翻译成了英、法、德、日、俄等十几国文字，并荣获首届全国优秀短篇小说奖。

这篇小说的作者是复旦大学中文系七七级的学生卢新华，小说的名字叫《伤痕》。

因为《伤痕》，卢新华被认为是新时期文学的开创性作家，大批类似题材的作品成为一种现象和思潮，被文学史定名为"伤痕文学"。

1980 年夏天，14 岁的我在吉林省双阳县永安村的大草甸子上，放着生产队的几匹老马，读到了这篇小说。我一连读了七遍，也哭了七遍。

《伤痕》揭示了特殊年代给中国人心灵上留下的难以抹去的伤痕，也正是因为这种伤痕，从 1978 年春天开始，每个中国人有意识或无意识地都在开始重新审视自己，重新认识社会，重新规划未来，重新建立人与人的关系，也重新建构对物质生活的需求和对精神世界的追求。

唐老，我不知道这个时候的你除了一如既往地刻苦学习和任劳任怨地为党和人民工作，是否也在思考什么，是否也在试图改变什么。但我知道有一个故事改变了很多人对你以往的看法，也呈现了你内心深处的真实情感。

故事的起因是沂水师范学校一对青年教师生下了一个七斤重的胖小子。孩子满月后，你作为这对教师的同事和领导，像所有的同事家里有了喜事一样，你带着关怀和友情前去祝贺。孩子的父母非常高兴，赶紧把孩子从床上抱起来递到你的怀里，以示他们对你的信任和尊重，更想与你分享养育了新生命的那份幸福与喜悦。

你怀抱这个脸蛋娇嫩，眼睛清亮，浑身散发着奶香的可爱孩子，忽然眼眸湿润了。你逗几下孩子，便有些哽咽地抬脸对孩子的爸妈说，我有四个儿女，哪一个孩子我也没有抱过，哪怕抱一次。

两位教师的眼睛立刻充满了泪水，却不知道怎么安慰你好。他们知道，这是你在内疚和自责。从 16 岁生下大儿子东义，到 30 岁生下小儿子东远，你一直在外求学和工作，你一直用爱和温暖帮助别人，对于自己的四个孩子，你真的是从来没有管过，甚至连抱一次都没有。你如何不内疚，又如何不自责呢？

2016 年秋天，当 52 岁的唐东远接受我的采访时，提起这件事，他忍不住流下了眼泪，好半天都不能平静。他说，从这件事上可以看出，爸爸是爱我们的，只是爱的方式与别人不同罢了。

王守琨提起这件事，也是泪湿双目，唏嘘不已。他对我说：有人说唐老师对家人很绝情，不对！唐老师绝不是一个对家人无情无义的人。他有情，而且情感很丰富！

2

1968 年春节，你在两年没有回家过年之后，决定回家与妻子儿女团聚团聚。两年前你回家的时候，小儿子东远还不到三岁，看到你走进家门，他吓得趔趔趄趄，不敢向你靠近，直到妈妈反复告诉他这是爸爸，快让爸爸抱抱，他才冲你勉强笑一笑，然后不是扑向你，而是扑到了妈妈怀里。如今又是两年多的时光过去了，这孩子长什么样了？是否还对爸爸那样惧怕呢？你很想知道，更想借着回家的机会，为妻子和孩子们做点什么。

但是临近春节，天不作美，连续几天雪花纷飞。

你从沂水坐长途汽车赶到益都，再从益都倒车到寿光，用了整整两天两夜的时间。

你妻子夏同香，从腊月二十七就领着四个孩子踩着厚厚的积雪到八里外的丰域小车站迎接你，一直迎到腊月二十九的晚间，也没见到你的影子，便以为你又不能回来了。往年不下雪的时候你都多次不回家，今年雪下得如此之大，你还能回来吗？不可能了。

于是，怀着极大的失望，夏同香与孩子们裹着漆黑的夜色回到家里，饭也没有心情吃，就关门睡觉了。

然而就是这天深夜，你回来了。

从益都到寿光的客车在半路上抛锚，你便背着旅行包提着年货，踏着没脚的积雪一步步艰难地往家走。三十几里路，是你老伴夏同香在你当年考上益都师范学校后，不止一次背着烙好的大包单饼深情相送的里程。你一路走，一路回忆着那如在眼前的种种温暖情景，体会到妻子一个小脚女人，当年在这几十里的路途上为你往返的那份辛苦，内心充满了甜蜜，也充满了感激。怀着这份甜蜜和感激，你用了整整十个小时才走到家门口，此刻已经是凌晨两点了。

破旧的大门紧紧关闭着。雪花夹杂着北风仍然不停地飘洒。整个村子异常沉静，只偶尔可以听到几声无力的狗吠和鸡鸣，这使得凌晨的凄冷更为加重了许多。也使你想见妻子儿女的心情更为迫切了许多。

但是你知道，这个时候正是妻子和孩子们睡得香甜的时候，你不想惊扰他们的梦乡。尤其不能惊扰妻子——她太辛苦了，让她好好睡个安稳觉吧。从结婚到现在，已经20年了，妻子何曾睡过一个安稳觉啊！深夜里，那嘤儿嘤儿的纺车声在你耳旁回荡着。清晨里，那咯噔咯噔担水推碾的脚步声在你耳旁回荡着；更有那在油灯下为孩子们缝缝补补，也对丈夫苦苦思念的身影在你眼前映现着。你真的害怕惊扰她，害怕她失去了这难得的片刻安宁。于是，你没有敲门，只在大门外高抬脚轻落步地徘徊。

寒风越刮越紧，雪花打在脸上如同刀割一般。徒步跋涉所出的一身汗水和满鞋里灌入的雪水，此时全都失去了温热，只觉得从头到脚如在冰窟，寒气丝丝入骨，让你禁不住时时颤抖。

但是，你忍着。坚定不移地咬牙忍着。

两个多小时过去了，你的手指已经僵硬，脚已经失去知觉。你知道习惯早起的妻子这个时候应该醒了，犹豫了片刻之后抬手轻轻在门板上挠了几下。你想，如果妻子醒了，一定能够听得到。因为她对你的声音有一种特别的敏感与辨识能力，只要轻轻一挠，她就能感觉得到。如果没有醒来，你就再坚持一两个小时，等到天亮时再敲门。

你哪里想到，妻子其实一夜没有入睡。

夏同香早就听到了门外的轻微响动，只以为是风刮门板的声音，抑或是狗儿猫儿在雪地里走动的声音，所以没有理会。现在，轻轻的几下挠门声传来，她立刻知道那是自己思念已久的丈夫回来了。心潮立刻翻滚，马上飞身下床，忙乱不堪地穿着衣服，并对孩子们大喊着，你们的爸爸回来了，你们的爸爸回来了！快起来看看去，快起来看看去！

孩子们闻声，一跃而起，最小的东远甚至连衣服也顾不上穿，光着屁股便往外跑。大雪纷飞之下，北风呼啸之中，母子五人冲出屋门，冲出大门，与雪地里那个他们最亲、最想、最爱的男人紧紧地拥抱在了一起。然后妻子哭着埋怨你，怎么才回来呀，不知道我们到村外迎了你多少趟啊，不知道迎不到你我们心里是什么滋味啊！

你并不回答，只是呵呵地笑。

回到屋里，夏同香发现你已冻得话都说不利索，知道你已经在门外很久很久，只是不愿意打扰她们母子睡觉，才没有敲门，她哭得无法自已，一个劲地说，你这是干什么呀，你这是干什么呀，这大冷的天，把自己冻坏了，我和孩子可怎么办呀。

这一刻，多少劳累，多少委屈，多少怨恨，都已烟消云散，剩下的，只有深深的感动和对丈夫的心疼与爱怜。

非常奇怪的是，小儿子东远再也没有了对你的惧怕与疏远，光着小身子钻进床上的被窝里对你喊着，爸爸，快来暖和暖和。你上前拍拍他，内心升腾起一种做父亲的温暖与亲情，也庆幸自己冒雪回家的

风雪夜，从沂水回到家乡的唐乐群不忍惊扰熟睡的妻子，独自在大门外等候妻子醒来。

选择是正确的，真的是正确的。

唐东远回忆起这段往事时，再一次泪流满面的同时，也充满了对你这个父亲的深情。他说，我父亲因为害怕惊扰到我母亲，而在雪地里站那么久，可以看出，他对我母亲的感情是多么深厚，他对我母亲的爱是多么深沉。这不是一般男人能够做到的。

然而，唐老，究竟是什么原因，什么动力，让你对一个比自己大八岁的农村妻子有着那么深厚的感情，那么深沉的爱呢？

我没见过夏同香师母年轻时的样子，她也没有留下年轻时的照片。我不知道她嫁给你的时候是不是很美，但从年老之后的一张照片来看，她年轻时应该算不上太过美貌。但是她周身透出的大气、刚毅、智慧，以及她在唐家几十年里所做的一切牺牲，都证明了，她是一个"德"大于"貌"的女人。因此可以断言，是她的品德征服了你，而非美貌征服了你。

张敏在与我见面时提到了你对妻子的深厚感情，她说，唐老师曾在写给我的一封信中说，"在我心里，你师母一半是我的妻子，一半是我的母亲。她的恩情，我一辈子也报答不完。"

唐东远对此也深有感触，他说，在我的感觉中，我母亲不仅是我父亲的妻子，还是他的母亲。因为我父亲从小失去母爱。我母亲22岁嫁给他时，他还是个孩子。我母亲对他的关心和照顾，不只是一个妻子对丈夫的关心照顾，还是一个母亲对儿子的关心与照顾。这种关心照顾是无微不至的，里面包函了诸多母亲对孩子的包容、迁就、疼爱，如果仅仅作为妻子是很难做到的。所以他对我母亲产生一种半是妻子半是母亲的感情，是理所当然、顺理成章的。

在唐东远的印象中，你对他母亲是充满了感激之情的。因为这个家没有他母亲，就不可能支撑下来。所以，夏同香农转非来到你的身边后，你对她的关心、体贴和照顾，远远大于一个丈夫对妻子的关心体贴与照顾。你之所以这么做，不是源于夏同香的美貌，而是源于夏同香为了让你安心为党和人民工作，默默为家庭奉献的那份恩德。

1987年7月15日，你在给张敏的爱人张培贞写的信中曾这样说，"你师母她大半辈子苦得很，我过去对家里照顾得不好，她代我上养老，下育小，是功臣。现在，我千方百计地让她生活得幸福。我会在她走之前，把她所喜欢的东西买全，以免终天之憾。"

你都买过什么老太太喜欢的东西，现在已经无从知道。但长华知道你曾花1100元给老太太买了一套她非常喜欢的实木沙发，这是你有生之年，为自己的爱人花得最大一笔钱，也是为家里添置的最值钱的一套家具。这让老太太非常感动，多次跟长华说，都说你爷爷不舍得给家里花钱，那是以前没有钱，现在日子宽裕了，一千多块钱他不是说花也花了，一点也没心疼啊。

据长华回忆，你花这笔钱的时间大概是1997年。那时，你的工资比起你刚调到山东农业机械化学院时的不足二百元肯定涨了不少，但你平时积蓄不多，手中有钱一要救济贫困学生和困难群众，二要购买各种书籍，花1100块钱买一套实木沙发，确实是很大一笔开销，没有对老伴的深厚之爱，这笔钱你确实是不会舍得花的。

3

你调到临沂担任地区行署副专员那一年，我推算你的年龄是 49 岁，你的老伴夏同香已经是 57 岁，按当时的国际划分标准，你处在老年的边界点上，而她已经是不折不扣的老年人了。但她在你身边每天要做好的第一件事，就是精心照顾你的身体。她一直担心你的高血压、冠心病和胃病，知道年过半百的人不能再过分糟蹋，尤其在饮食上不能再像从前那样饥一顿饱一顿，冷一顿热一顿，所以她要让你吃好喝好。为此尽管你很节约，从不让买鸡鸭鱼肉，但她仍会用最便宜的青菜，给你做出最可口的饭食。虽然这种饭食对当时还年少的儿子东远来说过于清苦，但是你却顿顿吃得有滋有味。这对夏同香来说是一种极大的鼓舞和安慰。

为了让你吃到既新鲜又便宜的蔬菜，她几乎每天傍晚都到地委大院旁边的小市场去买菜。而每次去买菜，只要你有空，必会陪她一起去。

你们老夫妻不会像现在的年轻夫妻那样在街上手拉手，你们只是一前一后走着。你走得很快，她走得很慢，但你走上一段总会停下来等她，等她走到你跟前了，你再走，走一段再等她。你心里很明白，这不是去买菜，这是给老伴以陪伴。你觉得这一辈子欠妻子最多的就是陪伴，所以你要在后半生里尽量弥补。

其实你想弥补的还不只是陪伴，还有家务劳动。唐东远告诉我，老太太在家洗衣服，只要你回家看到了，就赶紧抢过去洗。夏同香不让你洗，说你一个大男人，又是领导干部，你洗的什么衣裳啊，这让外人看到了，不得笑话你也笑话我啊。在她心里是有一个老观念的，男人，是干大事情的，不是在家帮女人干家务的。男人要是在家干家务，那丢的不只是男人的脸，还有女人的脸。但是你依然坚持自己的做法，只要看到老伴洗衣服，你就抢过去洗。有时候老伴没洗衣服，你看到有衣服脏了，也会默默去洗。即便到了晚年，家里雇了小保姆，你也还是抢着洗衣服，甚至为了不让老伴和小保姆看到，你把洗衣盆放在书房里关上门来悄悄洗。

夏同香是一个不善于用口头表达感情也不愿表达感情的女人，她只愿意实实在在地去做。通过做，把自己的感情表达出来。但是因为你帮她洗衣服，她曾动情地对儿子东远说，来到你爸爸的身边我才体会到，他这个人不只是一个乐于帮助他人的善良人、一个勤勤恳恳忠忠诚诚为国家效力的好干部，还是一个知道心疼老婆的好男人，我这辈子吃再多的苦，受再多的累也值了，我没嫁错人。

唐东远说，你还经常做饭给老太太吃。

其实你是不会做饭的。虽然独自一人在外生活了几十年，无数次自己做饭自己吃，但是你在几十年里向来都没有把做饭当成大事，只是用一种最简单最省力的方式把东西弄熟，比如煮茄子，做疙瘩汤，下面条，做玉米面粥，反正都是把东西放进水里烧开，至于好吃不好吃，你从来不考虑。而让你做一顿需要动用煎、炒、烹、炸手艺的饭菜，那是比登天还难的事。其实这也是你们那茬领导干部的特点，平时一心扑在工作上，生活条件又长时间不好，有谁会考虑学习做饭的事呢？有一位我认识的老干部，老伴去世之后，他连饭菜凉了热一热都不会，无奈之下，儿女们只好轮流给他做饭、热饭。后来实在忙不过来，便给他请了一位年岁大的保姆。尽管他那时只有七十多岁，身体强壮到每天绕城走一圈也不觉得累。

但是，自从妻子来到你身边以后，你却特别愿意给她做饭。在你看来，做饭不是主要的，主要的是一边做饭一边和妻子聊家常，是一种难得的享受。还有就是，看着妻子满脸幸福地吃你亲手做的饭菜，你感到特别心满意足。

非常奇怪的是，夏同香吃你做的毫无手艺含量的饭菜，竟然吃得特别香。不管你做成什么样，只要是你做的，她从来都觉得好吃。跟你说好吃，跟儿女们说好吃，跟街坊四邻也说好吃。

我猜想，她所说的好吃，不是单指你做的饭菜，而是饭菜里所包含的你对她的那份真爱与深情。

在唐家吃了大半辈子苦的女人，还有什么比你对她的那份真爱与深情，更让她感觉香甜呢？

还有一件事最是让人敬佩，就是你坚持几年时间教夏同香识字。

夫妻俩搬到一起生活后，你搞来一个小黑板挂在家里的墙上，每天教妻子学习两三个汉字，几年下来，曾经目不识丁的夏同香竟然认识了两千多个汉字，学会了读书看报。特别到了淄博之后，她也跟你一样，每天都要看书学习，成了一个知识型的老太太。

唐东远在回忆这段往事时告诉我，平时从未注意妈妈学文化，忽然有一天发现妈妈竟然能读大部头的《红岩》《新儿女英雄传》《铁道游击队》，我们当子女的特别惊讶，也特别佩服我爸爸，他哪来的那份耐心呢？即使培养孩子，我们有时候也会耐心不足的，况且我妈妈年纪大了，学东西很慢，有时候一个字教她十遍二十遍都学不会，我爸爸竟然教她学会了两千多个汉字，这得下多大工夫啊！

采访中我问唐东远，你爸爸妈妈在一起吵过架吗？

东远说："我爸爸妈妈在一起从不吵架。虽然我妈妈是个农村妇女，没见过什么世面，有时说话未必符合我爸爸的心思，或是有些事情做不好，会伤害到我爸爸。但是不管怎么样，我爸爸从不对她发火。他总是温柔地跟我妈妈说话，我妈妈错了，他也不会批评她。对我妈妈非常尊重。这种尊重不只是丈夫对妻子的尊重，还像儿子对母亲的尊重。这一点，真的，我们很多人难以做到。"

其实东远自己做到了。东远的脾气比较急躁，对人的要求也很高。但对于妻子小叶，他非常尊重。像你一样，从不对小叶发火，更不会开口骂她。哪怕小叶生气了对他发火，他也会笑而对之，这种涵养实在是令人佩服之至。

4

修养、品格、格局，决定了一个人的做事方式。尤其对待自己的女人，更能显现这方面的高度。但这不止限于对自己女人的宽容、照顾、体贴、爱护，关键还有一生一世的不离不弃。

中华人民共和成立后，有多少进城的男人在婚姻自由的借口下抛弃原配另寻新欢啊？哪怕妻子对他有恩，付出过巨大代价帮助过他，他也不惜抛弃另娶。

假如你也和有些男人一样呢，夏同香的命运会怎样？

在采访中我得知，年轻时的你，也曾有志同道合的女子向你表示过爱慕，那是怎样的一个女子我不得而知，但肯定会比夏同香年轻漂亮，也有文化。但你毫不犹豫地拒绝了。你说，今生今世，我永远都不可能背叛我的妻子，也永远都不可能接受第二个女人的感情。这是我终生不改的原则。

当有人高唱个性解放，尊重人性的时候，我们还需要想想"感恩"的重要性和必须性。世间的所有事物都不可能只为人性的需求而生发和存在，人性有时候得服从道德和法律的约束，婚姻爱情也是如此。我们虽然不能用恩情代替爱情，但是当一个与我们同甘共苦了几十年的女人人老色衰之时，我们再用爱情的浓淡来衡量婚姻的幸福指数，而置她曾经的付出与恩情于不顾，这不是一个有品格、有道德、有涵养、有良知的男人能够做得出来的，更不是一个共产党人能够做得出来的。

你的做法，才是共产党人应该做的。

5

1998 年夏天，是你和老伴夏同香搬到山东工程学院（也就是后来的山东理工大学）的第 12 个年头。这一年，夏同香 72 岁，你 64 岁。

你本就多病的身体此时感觉更加不如从前，心脏、血压、胃病每天都需要服用一大堆药物才能减轻痛苦，自然规律也迫使你的腿脚开始沉重，体力开始减退，精力开始不足，干任何事情都觉得力不从心。

夏同香比你要好一些，她虽然比你大八岁，但身体比你显得健康，体力精力也比你感觉旺盛。有时候她会跟你开玩笑：看来你的后半辈子就得我来照顾了。

然而谁也没有想到，就是这年夏天，意外发生了。夏同香去学校食堂打饭时，遇到熟人和她打招呼，忘记了注意脚下，结果踩到西瓜皮上，一脚失控摔倒在地，竟然造成脊椎裂缝，一躺就是三个多月没能下床。

夏同香便对你感慨：看来说话做事都得给自己留余地啊，我刚说了照顾你后半辈子，逞逞能，这不，老天就给我上了一课，成了你照顾我了。

你却笑着说，这哪是老天给你上课啊，这是老天给我上课呢，让我好好体验体验照顾人的不容易，免得你照顾全家老小一辈子，我却不知道你的辛苦，不懂得对你感恩。

夏同香忍不住笑起来，说你这么会说话，倒让我觉得自己这个跟头摔对了。

但是，你一个人照顾一个卧床不起的病人是很难的，孙女长华又忙得很，无法天天守在奶奶身边，你便找了一个小保姆。

在唐长华的印象中，那个小保姆勤快、懂事、吃苦，也很朴实、真诚、厚道。但是，你却只让这个孩子打打下手跑跑腿，一切的脏活累活全揽过来，从不让她干。

唐长华是你和老伴搬到山东工程学院后，待在你们身边时间最长的亲人，对于你照顾老伴的种种情景，至今记忆犹新。她说："当年爷爷担心奶奶吃多了药，每次都会提前把各种药取出来放在同一个纸包里，然后再亲自端水照顾奶奶吃下。吃药的时候爷爷就会对奶奶轻声细语地说，水不热了，咱们吃药吧？完全像对孩子一样细心和耐心。奶奶大小便不能下床，爷爷就亲自给她接屎接尿，也不嫌脏。说心里话，我们看在眼里，真的是感觉非常温暖。觉得我奶奶虽然以前吃了那么多苦，晚年能得到爷爷如此悉心地照顾，真的就像奶奶自己说的，值了。"

唐东远在与我交谈时，也深有感触地说起过你细心照顾老太太的故事。他说你为什么不让小保姆端屎倒尿，不单是不想让一个十几岁的孩子干这种脏活，主要是想亲自把温暖和爱传递给老太太。更想通过这种付出，让老太太感受你对她的感恩与回报。

6

2008年初夏，74岁的你病倒了。此前多次有病都是有惊无险，包括曾有过一次心脏支架手术，这一次却把你打倒了。在住进济南齐鲁医院的那一刻，你还惦记着因患贫血身体虚弱的老伴夏同香，便告诉病床前的儿女们，我有可能比你们的母亲先走一步，你们都是孝顺孩子，一定要好好照顾她。她这辈子为我们家吃了太多的苦，受了太多的罪，我欠着她的恩情，你们也一样欠着她的恩情。我活着没有照顾好她，我死了，你们要替我用心照顾她，不然，我死不瞑目。

孩子们泣不成声，点头答应。

夏同香在淄博的家中与你通了电话，她拿起电话的那一刻声音哽咽，好半天才流着泪说，老头子，你不能死，我还指着你照顾呢。儿女千好万好，不如老伴实在，你得赶紧把病治好回来伺候我。等什么时候我想死了，你再跟我一块死，要不，我不答应你！

医院里的你，眼角滑下两行浑浊温热的老泪。你笑着说，好啊，我听你的，赶紧把病治好回家伺候你。上一次你磕跟头摔伤的时候，老天爷不是给我上了一课，让我伺候你三个月，体验了一下照顾人的滋味吗。往后，老天爷一定还会让我好好上上这堂课的。不过，老天爷也有说话不算话的时候，万一他让我先你一步走了呢，你也不要难过，就当我去那边收拾屋子等着你去了。

但是这一次老天或许真的开眼，再一次让你死里逃生，回到了家中。

其时恰好沂水师范学校举行成立 60 周年庆祝活动，你作为重要嘉宾受到了盛情邀请，但你没有参加。你不是不想参加，在那里工作了那么久，对学校的一草一木都充满了感情，你是真想回去看看，真想在生命的最后时光里，再和这所始建于 1948 年的学校亲近亲近，可你的身体太虚弱了，老伴想让你静心好好休养，你也同样想静心好好休养，因为养好了，身体强壮了，不仅有机会回你深怀感情的地方，比如高桥中学、沂水一中、沂水师范，甚至是临沂地委大院，走一走，看一看，还能兑现你对老伴夏同香的承诺，照顾她的晚年生活，陪她走完人生最后的里程。

然而，连你自己大概也没想到，这一次死里逃生仅仅维持了两个多月。

2008 年农历七月十六日上午，长华去街上买来了一件白色上衣。她向来不喜欢穿白色衣服的，不知为什么，这天上午她竟买了一件白色上衣回来。在中国的传统文化中，"白"不只代表纯洁，还是"孝"的象征。当最亲近的长辈离世后，穿白戴孝，是对离世长辈表示哀悼与怀念的必要形式。后来她明白，这天上午的反常行为，其实是冥冥之中的一种预示和安排啊。

　　而在这天中午，她是什么预兆也没看出来的。她在家里煎了一盘鱼端过来，与你们老两口共进了午餐。那时，你没有任何异样，你给她夹菜，她也给你和奶奶夹菜。一家人其乐融融，边吃饭边说着社会上的各种趣闻，以及长华下一步在学术研究上的一些打算。只有奶奶在饭后告诉她，你爷爷这两天老说眼睛不好，看东西模糊，是不是年纪大了眼睛越花越厉害了？长华并未觉得这种说法有什么不合理的地方，就也跟着说，那是很可能的，年纪大了吗，肯定是越花越厉害了。到了下午三点多钟，长华在家正看书，突然接到奶奶的电话，说你爷爷不行了，你快来吧。长华和爱人急忙跑过去，看到你已不省人事。她忙乱不堪地跑到楼下，叫来几个人把你送到附近医院，医生通过CT一检查，说你颅内出血，已经不是一两天了。如果早几天来的话，是完全可以救过来的，现在，已经晚了。

　　那一刻长华的心如同刀扎一般痛苦，她想起奶奶说的爷爷这几天看东西越来越模糊的话，明白那其实就是脑出血压迫神经的原因，而自己为什么就没有引起注意，早把爷爷送到医院呢？医生在急救室里对你实施抢救的时候，长华在门外的走廊里扑通一声跪下去，哭着对天发愿：我愿意把自己的寿命拿出十年给我的爷爷，请让我的爷爷平安无事吧！

　　这是怎样的一种祖孙感情啊，写到这里，我无法控制自己的感动，身体往后一仰，泪水哗哗地流了下来，一直持续了五六分钟才勉强止住。我想起了死去二十多年的爷爷，那个在我父亲不到三十岁离世后，把我从五岁一直抚养长大的慈祥老人，那个给了我太多温暖与爱的老人。我完全懂得长华那一刻的心情，她是真的希望能用自己的寿命换取爷爷多活十年的，因为我在爷爷的最后时光里也曾这样想过，我没有跪在地上发愿，那时也不懂得发愿，我只在心里反复地想——只要能让爷爷多活三年五年十年八年，上天让我减少多少寿命都行，我都愿意。

然而，我也好，长华也好，上天没有让我如愿，也没有让她如愿。

2008年农历七月十七日早晨8点30分，在长华悲痛万分的哭声中，在匆忙赶来的东远和东义的泪雨滂沱中，在东美和东秀的撕心裂肺中，你扔下深深牵挂的老伴，永远地离开了这个世界。

夏同香得到消息，并没有马上哭，这个在你的影响下对生死早已看淡的老人，只是呆呆地坐在你给她花1100块钱买的实木沙发上，好久没有动身。后来，她颤巍巍地拿起一块干净抹布擦拭着这套沙发，擦到一半的时候，大滴大滴的泪珠才涌出眼眶，像一颗颗珍珠一样掉落在沙发的扶手上，又一颗一颗化作更多的珍珠蹦落到地上，粉碎成了满地的悲伤。这一刻，她什么也看不到了，眼前一片模糊，浑身再也没有一丝力气。她慢慢地跪下去，趴倒在沙发上，终于放声大哭起来。那哭声是从她整个身体里迸发出来的，如同惊雷，如同闪电，冲破门窗，震动了整个理工大学，震动了大地与天空，也追随你的灵魂，去到了另一个世界。

你的骨灰是唐东远用自己的车送回寿光老家的。

他买上自己的车以后，你只坐过一次。那一次他开着车到山东理工大学去看望你们老两口，那时候你的身体已经很差，到医院做了彻底检查还没出结果，你怀疑自己得了肠癌，可能会不久于人世，与东远说话时便流露了许多父子的诀别深情。当时，他正赶上要到清华大学培训，无法留下来陪你。你就让他放心走，说再怎么不好，三个月五个月的估计也没事，你安心去学习就是了。在他走的时候，你坐上了他的车，把他送到学校的图书馆附近才下了车，还跟他说，"也坐过自己家的车了。"仿佛在告诉他，坐过自己儿子的车，就算死了也没什么遗憾了。但他怎么也没想到，你那是活着的时候第一次坐他的车，也是活着时最后一次坐他的车。

也许是心里有着再让父亲坐坐他的车的潜意识，东远才坚持用自己的车把你的骨灰送回寿光的。

东远告诉我，走在路上时候，他的心情还没有多么悲痛，好像父亲并没有真的离去，只是像多年前那样，在离家很远的沂水工作，得过很久很久才能回家看看他们兄弟姐妹。可是回到寿光，为你举行安葬仪式的时候，他忽然意识到父亲是真的走了，父亲再也不可能像以前那样，不管在外面多久，总会回家看看他们了。所以看着你的骨灰盒，他突然放声大哭起来，这一哭就是好长时间没有停下来。那真的是大哭了一场。

面对你的骨灰盒，唐东远之所以无法控制自己的情绪放声大哭，不单是因为再也无法见到你而悲痛，更因为他有很多话想跟你说，还没来得及。几十年父子之情，他与你做的最少的事情，就是说话。少年时代，因为惧怕你不敢说；青年时代，他对你心存怨恨，有话不想说；人到中年，他理解了你，有话想说，却与你南北而居，相距甚远，每次见面，虽然你总是怕他吃不好买一大堆的好东西做给他吃，拿出家中最好的酒与他一起品酌，临走还要给他带上这个带上那个，但是家中总有许多人来串门，你又是一个喜欢沉默的人，所以，有话无从说起。以至于你现在走了，他心里的话也没有机会跟你说出来。因此，他感到遗憾，感到悲伤，他无法控制自己的情绪。

然而东远想跟你说什么呢?

他想告诉你,这么多年,他一直以你为榜样,不管为官还是做人,他坚守的就是你在信中教导他的"忠诚、守信、勤勉、无私、俭朴、谦虚、善良、清白"。你在齐鲁医院住院的时候,他从临沂赶去看你,你拉住他的手对他说,"那一年你参加高考,考得怎么样,我连问也没有问一问。"似乎是在向他表达一种内心的歉疚,但也似乎在提醒他,当年你用红笔给他写的那封信,不要忘了里面说的那些话。你期待他一生像你一样冰清玉洁、一尘不染、表里如一、光明磊落。当时他没有对你说什么,或者当时他并没有完全领会你的心意,现在他想告诉你,他虽然无法像你那样把一切做到极致,但他对得起你当年写给他的那封信,于党,于民,于妻子女儿,于天地良心,他问心无愧!

东远在说起这些时,一直在流泪,他说,心里的这些话没能跟你说,但相信你能够相信他这个儿子具备与你一样的品格。以后的路还很长,他仍然会以你为榜样,以一颗善良之心做人,以一袭清白之身为官,决不更改!

北京,伟大祖国的首都。

多少年来,唐东远无数次来这里出差,每次来,他都要到天安门广场走一走,都要到人民大会堂前站一站。在这里,他有一种到家的感觉,有一种无法表述的亲情总会悄然涌上心头。因为,他的父亲曾是中共十二大代表,曾在人民大会堂开过会,曾在天安门前留过影。有父亲脚印的地方,就是家;有父亲身影的地方,就牵动着他的情。他在这份情里不断自省,也在这份情里不断成长与成熟。

每次来到首都北京，唐东远都在人民大会堂前留个影，因为这里曾经留下了爸爸最为光荣的身影。

因为像父亲一样对毛主席充满了深厚感情，2012 年 12 月，唐东远与妻女去韶山拜谒了毛泽东故居。

7

2008 年农历七月十六日下午三时，正在济南家中午睡的王守琨突然醒来，他满头大汗，胸口发闷且疼痛无比。这让他深感疑惑，自己既没有心脏病，午饭也没有吃多，更没有喝酒，怎么会突然胸口发闷且有疼痛感呢？他慢慢下床，在门庭内游走了大约半小时，这才慢慢地恢复了正常。

第二天早上 8 点 30 分，王守琨家的电话响了，唐东远声音哽咽着告诉他，父亲昨天下午三时突发脑溢血，四时入院抢救，刚刚与世长辞了。

听此噩耗，犹如五雷轰顶，王守琨好长时间呆呆地发愣，口中不时地喃喃着：老师走了？老师真的走了？

联想到头天午睡后的胸闷和疼痛，王守琨明白那正是你病发之时，原来那是心灵感应啊。

而这种感应，不是结下了父子般的深情，怎么可能出现呢？

你在王守琨心里，一直就是父亲。唐长华跟我说，在你先后两次入驻齐鲁医院期间，王守琨就像儿子一样在病床前寸步不离地照顾你。前后一个多月，他端屎倒尿，无微不至，让所见者无不感动。

但是王守琨说，这算什么呢？我欠着唐老师太多太多。他活着的时候，我总想报答他，可他永远不给我机会。哪怕提点礼物去看看他，每次他都返回来更多。所以他的死让我更加悲伤。

不知如何报答你的王守琨，多么希望你恢复健康，再活二十年三十年。可你说走就走了，这让王守琨悲痛至极，一度有过跟随老师而去的念头。可不管怎么样，都无法挽留你离去的脚步。他只有想尽办法，为你做些事情。只有为你做点什么，他的心里才感觉好受。

《唐乐群杂文集》是你去世两年多以后，王守琨号召广大同学共同出资，为你编辑出版的，而他自己就为此书投入了不下 10 万元。

你生前喜欢读书写作，有 600 多篇文章发表在《光明日报》《大众日报》《老干部之友》等党报党刊上。这些文章，语言通俗，文字简练，思想深刻，或聊为人做事，或讲教书育人，或贬社会时弊，或谈读后感想，或批腐败现象，或陈从政理念，无不入情入理，正气凛然，令人读后久久沉思。但你为人低调，一直不愿出版个人作品集，当年王守琨曾劝你结集出版，你摆手摇头，认为自己水平不高，出版个人作品集会让人笑话。

但是，王守琨却觉得老师的文章有思想，有高度，能够警醒社会和世人。所以，他违背你的意愿，主持出版了这本《唐乐群杂文集》。并把这本书的石刻模型，放到了你的墓前，以寄托内心的哀思。

唐东远说，当我拿到这本书的时候，说心里话，我对王守琨老大哥非常感激。我们做子女的想做没做的事，他做了，如果不是对我父亲有着很深的感情，是不可能找这个麻烦的。而且很多我父亲的学生和朋友，都写了文章放在书中，他们对父亲的高度评价，和对父亲的深厚感情，让我更深地了解了父亲，也进一步懂得了父亲。我感谢他们。

山东师范大学博士生导师曹明海有一篇题为《清澈人生：持守纯净社会理想与追求》的文章，表达了对你杂文的深刻理解，更表达了他对恩师的敬仰与爱戴——

"在人生短暂的旅程中，多少人执著于自己心怀的理想，去努力，去拼搏，去奋斗。多少人以有限的生命痴迷地持守着自己的追求，挚诚地去践行自己的人生目标。如果说，人生是无涯的嵯峨的山脉，那么人活着就是要永不弃舍地持守自己的挚诚追求，去努力实现心怀的美好理想。理想可以点缀生命，追求能够建构灵魂。持守追求，憧憬理想，往往可以使人超越世俗的困扰和烦恼，抵达更高层次的生命存在状态和诗意人生的超然境界。这是因为理想和追求是人的文化性存在、智慧性存在、诗意性存在的基本条件。读一读唐乐群老师的杂文作品，我们便会发现，在他的人生轨迹中，始终勤勤恳恳、干干净净地做事，以强烈的社会责任感理性求索，关照生活与社会、世事与人生，开掘潜藏在人的心灵深处的欲望与意念，窥视探究现实世界和社会人生富有特定的深层的社会真义、人生哲理和超然境界。显然，唐乐群老师杂文作品的这种特有意蕴和境界，是生成于他的清澈人生——始终持守的纯净社会理想与追求。"

"如何来写唐乐群老师一生的人品与文品？我在读了他的杂文作品之后，陷入了颇为费神的苦苦沉思。经过数天反复思考和再三斟酌，在十几个用词的选项中，最后确定用'清澈人生'四个字来写唐老师的一生，写他的平凡而又超俗的品格，包括他的人品与文品。唐乐群老师的一生是清澈的一生，清澈的生活，清澈的做人与处世，清澈的心灵与品格，是众所公认的。所以，'清澈人生'是对他一生最真实、最恰如其分的写照。而且，这四个字还有一层更深的含义，也就是唐乐群老师清澈如镜的心灵品格和人生追求，能够照亮生活在世上的人的心灵和精神世界。所以，我感到再也没有比'清澈人生'更恰当的词，能来概括和写照唐乐群老师一生的人品与文品。"

曾担任山东省人民政府副省长、省人大常委会副主任的张瑞凤先生，与你不是师生，也非朋友，但对你的为官做人非常敬佩。他在给《唐乐群杂文集》写的序言中，极为动情地写下了这样一段话："唐乐群老师在沂蒙山执教 30 年，他为人师表，读书成痴，淡泊名利，乐善好施，廉洁自律……他的声望可以说有口皆碑，妇孺皆知……他的去世，是沂蒙人民的损失，是我们党的损失！"

济南军区青岛疗养院著名中医专家李富玉和张瑞凤先生一样，与你鲜有交往，但是读了《唐乐群杂文集》，却一样对你充满了钦佩与景仰之情。我和徐兆利局长率《清曜四韵》摄制组去青岛采访时见到了他，本没有采访他的计划，但是他对你的理解与评价让我们感觉颇有意义，便临时增加了对他的采访。面对镜头，他侃侃而谈："唐乐群同志的一生，我觉得是贯彻沂蒙精神的一生。还可以说，他用自己清澈见底、两袖清风、无私无畏、忠诚善良、刚直不阿的一生，为沂蒙精神增添了新内容，谱写了新篇章。"

中央人民广播电台新闻部主任丁文奎先生（笔名丁韫），与你更是从未谋面，你生前大概也从不知道中国有这样一位在"中国特色社会主义理论体系"研究方面成就卓著，受到中央领导同志重视的理论家。因为 10 年、20 年前，他还没有今天这么大的影响。但是他于 2015 年 5 月 30 日在《中国广播电视报》"独家视点"栏目发表的题为《"严"与"实"要两翼齐飞》的文章中，却把你作为清廉、务实、无私、忠诚的党的领导干部的典型例子提了出来。他说——

"正在全国开展的'三严三实'专题教育，是党的群众路线教育实践活动的继续和深化，在已有成果基础上，必将乘势而上，进一步助推守纪律、讲规矩的政治生态和真抓实干的优良作风。……'严'和'实'，二者相对独立，但更是相互联系，有机统一的整体，如一体两翼。从一定意义上说，'严'是'实'前提和保障，'实'是'严'的必然结果。严格遵规守矩，用好权力，营造风清气正的环境，谋事创业才有正确方向；严守宗旨意识，坚定信仰，把人民利益放在首位，攻坚克难才有更大的动力。严肃工作作风，知行统一，信守忠诚，才能一步一个脚印儿开创新局面。'严'促进'实'，'实'对'严'也有倒逼作用。作为责任、能力、绩效的'实'表现越突出，成果越大，越需要'严'的规范、引航和增强免疫力。无论优秀的领导干部个人，还是好的领导班子集体，践行'严'与'实'都是两翼齐飞。山东省一位在沂水当过中学特级教师、校长，后任地区行署副专员、大学副校长的唐乐群，就是榜样。他淡泊名利，克己奉公，清白做人做官，当副专员以后，从不利用职务为自家谋利，生活简朴至极，有人用'一贫如洗'形容他家的简陋，而他经常慷慨解囊，资助贫困学生，本该享受面积大的住房他不要，配了小轿车他也很少用，开会常以步代车，或坐公交车；他作为教育名家，工作务实，点子多，善创新，政绩突出。他是党的十二大代表，知识渊博的他文如其人，在全国报刊发表600多篇指点美丑、深刻犀利的杂文，其中，谈清廉修身、勤绩敬业、针砭时弊的诸多篇章，其实是他模范践行的写照。'政声人去后，民意闲谈中'，唐乐群去世后，人们用'清澈人生'形容他坚守的理想和高洁品格。'严'与'实'在唐乐群身上的闪光是一面镜子，让不少人自惭形秽。他的学生王守琨编辑、齐鲁书社出版的近50万字《唐乐群杂文集》，堪称'三严三实'教育的优秀教材。用'严'与'实'的标准，做俯仰无愧的共产党人，需要知难不惧、默默坚守的境界。大凡有此境界者，可体验到人生的喜乐。领导干部的天然职业特性，决定了其入职后的追求须始终围绕'严'与'实'，专注于此，心无旁骛。专注的程度如同孔子之于'仁爱'的事，释迦牟尼之于'佛陀'的事，康德之于'道德'的事，当然，这是圣人的高标准，但其专注和践行的精神值得效仿。专注，并非让领导者都当苦行僧，或累倒在岗位上，而是以一颗公仆心推动事业发展，给百姓留下好政声、好名声。'严'与'实'不是桎梏，而是实现梦想的大平台。凡具有忠诚、规矩、干净、担当的品格，以为民、为党、报国为己任者，在此平台上可长袖善舞，施展大抱负，实现精神领域从必然王国到自由王国的飞跃，享受魅力无穷的愉悦。某些事情对别人是清规戒律，对他们是精神家园。别人在浊浪中随波逐流，他们在逆流而上或以清流冲决浊流。别人在利益纠葛的物欲关口倒下，他们超然如胜似闲庭信步，焦裕禄、孔繁森、杨善洲、唐乐群等人，是其杰出代表。"

丁先生能把你的精神与党的"三严三实"主题教育结合在一起进行论说，能把你和焦裕禄、孔繁森、杨善洲这些党的优秀领导干部放在一起称之为杰出代表，不仅令所有崇敬你的人感到欣慰，也是他一个大理论家站在国家和民族利益的大视野上，生发的对你的高尚品格和忘我精神的一种敬仰之情。

这也说明，崇尚你、敬仰你的人不只是那些熟知你的人，还有遍布神州各地的那些不曾与你相识的，有正义感的人。

8

在你逝世之后，有近千名你的学生、同事、生前好友和你帮助过的人，以及部分省市领导，从北京、济南、青岛、临沂、滨州、东营等地，自发地赶到淄博，与山东理工大学的师生及当地群众一起，举行了隆重的追悼会。场面之大，始料未及。很多人哭得泣不成声。

马彦岱先生在他倾情撰写的一万多字的《我所认识的唐乐群先生》一文中，详尽地描绘了他参加这场追悼会时的所见与心情："灵堂布置得肃穆庄重，前来参加吊唁活动的人摩肩接踵、络绎不绝……人们怀着沉痛的心情，表情凝重，眼含泪花，自动排成两行，迈着沉重的脚步，缓缓步入悼念大厅……当我远远望见正面墙上'沉痛悼念唐乐群同志'的横幅和下方悬挂的先生的遗照时，我的泪水便止不住地流了下来。我们怀着极其悲痛的心情向先生的遗体三鞠躬，然后缓缓绕过一周。此时，我强忍悲伤，透过模糊的双眼再次瞻仰先生的遗容：只见他安卧在鲜花翠柏丛中，身上覆盖着鲜红的中国共产党党旗，面容恬静安详，仿佛忙碌了一天的工作之后正悄然入梦，又好像为了他所钟爱的教育事业而凝神静思……直到走出吊唁大厅，我的眼泪始终没有止住。这是痛惜的泪，这是感恩的泪。对于唐乐群先生的子女们来说，他们失去了一位好父亲；而对于我来说，则是失去了一位良师益友，一位忘年之交，一位数十年来一直了解我、培养我、关注我的好领导。"

王兰福是较早得到你逝世的消息的人之一，她风尘仆仆地一路哭着赶到淄博，扑倒在你的灵前几乎晕厥，她边哭边说："老师啊，老师啊，当年要不是你的资助和付出，哪有我的今天啊？您都是为了我们累死的啊！"在她心里，你不只是她的老师，还是她的第二个父亲。即便在你离世10年后，她去寿光付家茅坨村看到你的坟墓时，仍然远远地扑上去放声大哭，而且很久很久不能停止，同去的人拉她几次也拉不起来。采访中她哭着对我说，除了哭，她不知道还能为你做点什么。她非常后悔在你活着的时候没好好孝敬你，尽管她曾多少次去看望你，在你去世后她也曾和张敏一起陪伴了师母多日，但她仍然觉得对不起你，仍然觉得没有好好报答你的恩情。现在的她，因为时刻想念你，每天都会听几遍当年在高桥五中时你教他们唱的那首《红梅赞》，还让书法水平颇高的儿子书写了毛泽东主席的《咏梅》，装裱后挂在了客厅正面的墙上。在她看来，你的品格就与红梅一般，高洁、低调、清雅、坚韧，值得她一生学习。同时，听一听《红梅赞》，看一看《咏梅》词，也能减轻内心对恩师的万般思念，更有一种恩师仍在身边的慰藉感。

季虹在读初中的时候，因为父亲在济南工作，家庭条件稍好一些，所以没有受过你的帮助。但对你的感情，她并不亚于王兰福。她在父母都离世后曾告诉王兰福，以后就把唐老师当父亲，把唐老师的家当娘家过了。但没想到，说过这话仅仅一年多之后，你也走了。这让她一下子感觉整个世界从此丢掉了一半，所以走进你的灵堂，她同样哭得无法自已。且像父母去世时一样，很久都走不出悲痛的深渊。

远在大连的张纯菊得到你去世的消息，更加难过，因为她未能见到老师最后一面，未能在你生前给你任何回报。她曾想过和同学们一起给你过生日，以表达她对你的感激与感恩。可她尚未来得及行动，你就走了。怀着悲痛，她在家中为你燃上三炷香，用中国最传统最古老的方式，对你进行了祭奠，并且大哭了一场。这场哭是痛断肝肠的，不只为失去了恩师与恩人，还因为心中那份永远无法抹去的遗憾。

许德福先生在接受我的采访时，也谈到了去淄博参加你的追悼会时的心情。他说，那一刻，心真的有一种即将粉碎的感觉。老师的音容笑貌仍在，老师的谆谆教导仍在，但是老师的人却不在了。他从走进灵堂，到离开灵堂，眼泪便不停地奔涌，精神始终处在一种沉重的恍惚中。回到临沂后，他的心连续多日时常阵痛，无心做事，仿佛老师走了，整个世界也被一起带走了。

张敏跟随东远去寿光把你安葬了之后，又返回淄博陪伴了师母数日。她总想安慰师母不要难过，生死本是世间规律，看开、放下、活好自己是对逝者的最大尊重，特别是对你这种早对生死看开、看破，却对老伴牵挂万分的人，更需要活好当下，活好自己，才是对你的最好纪念。可她却无法安慰自己，日日都在悲痛中无法自拔。她感到自己的生命中不只是失去了一位良师益友，还失去了疼她爱她的父亲。直到今天，她仍然时常梦到你，或在莲花池边漫步，或在金色原野抚琴。更是回想着你对她的严厉批评和谆谆教诲，常常泪流满面。假如死是可以交换的，她愿意付出一切把你交换回来。就如长华愿意把自己的十年寿命给你一样，她也从心底里愿意通过生命的交换，让你再活十年，二十年，三十年，甚至更久。

张福信书记对于你的离世，有一种不敢相信也不愿相信的感觉梗于心头。他在看到大学公告栏里你去世的消息时，眼前一阵模糊，怀疑自己的眼睛出了问题。于是，他在一篇怀念你的文章中，沉痛万分地描述了看完公告后，当天晚上所经历的情景与感受："不知何时，乌云厚厚地遮住了月亮和星星，一道闪电从远方袭来，随之雷声隆隆，把我从沉思中惊醒，我仰望着深邃的苍穹，凝视着蓊郁的丛林，不知乐群的灵魂远在何方，近在何处？看看最后无言诀别的那条路，静静地躺在校园里，绝无人影。是啊，老唐，我们已是天各一方，阴阳相绝，不知如昨……乐群兄啊，明天，只有明天，我想去与你作你不曾知晓的告别，泪眼看着你化作袅袅青烟，摇曳下潇潇秋雨，在我的心田里书写下不尽的缕缕哀思。"

　　著名老作家魏树海得知你去世的消息时，你的追悼会已经开过多日，所以他未能前去与你作最后告别。出生于1936年的他比你小两岁，也曾在教育一线工作了多年，后来因为发表了大量有影响的文学作品，被调到文化部门工作。曾历任临沂市作家协会主席、临沂市文联副主席、沂水县文化局长、沂水县政协副主席等职。他虽然没有与你共过事，甚至见面的次数也不多，但他与你有着兄弟般的感情。多年间，你们曾经通过无数次电话，也曾有过极其频繁的书信往来，你对他的学识与为人极其欣赏，他对你的品德与情操同样激赏有加。当年你在临沂担任行署副专员的时候，曾因地区缺少一名有能力、懂业务、人品好、工作扎实的文化局长而向地委建议把他从沂水调至临沂，但他一方面痴心于文学创作，想趁年轻多写点作品，不愿意把大好年华倾注于他自以为不擅长的案牍之中；另一方面，家中有个体弱多病的妻子和患脑瘫不能自理的女儿，实在是脱离不开，也就谢绝了你的好意，并由时任中共沂水县委书记高昌礼同志出面到地委说明情况，把他留在了沂水。但在心里，他对你的"不拘一格降人才"是深怀敬意的，也因此对你增添了许多私人情感。当突然之间得知你去世的消息时，他先是不相信这是真的，继而悲痛不已，连续多日一想到你便泪流不止，也痛心着没有与你作最后告别。作为同族宗亲，又同为作家，我与他既是长辈与晚辈的关系，也是师生关系、忘年之交。我们在一起可以无话不谈，也不会产生这样那样的顾忌。当我问起他对你的真实评价时，他郑重地告诉我，你是他这一生最为钦佩的人，也是他发自内心想用一生来虚心学习的人。因为你让他看到了什么是不畏

"柴儿"用最为传统的守灵方式，表达着对唐乐群的怀念与敬仰。

惧权贵、不媚上欺下、不以权谋私、不好大喜功、不趋炎附势、不钻营投机，且虚怀若谷、心怀天下、无私忘我的真君子。如今，已是84岁高龄的他，在思念你的时候，仍然会把你写给他的那一封封情真意切的书信翻出来看一看，在泪眼模糊间寻找一份情感的些许慰藉。

2010年农历正月十七日，你老伴夏同香带着对你的苦苦思念也去了那个世界，你们终于在阴阳相望整整一年半后团聚了。早在头一年春天的时候，她就作好了去那个世界与你团聚的准备，所以在等待走和即将走的整个过程中，她都是异常的平静，真正体现了她对死亡到来的无所畏惧和过人智慧。

东远和东义遵照老太太的遗愿，没有通知太多亲友参加葬礼，就连与老太太情同母女的张敏也没让她去参加。

但是那个叫"柴儿"的干儿子去了。

"柴儿"在一生中没有为哪个有着血缘之亲的人哭过，即便他的弟弟死了，他也没有流泪，仿佛死与不死对他来说都是无所谓的事。但是对你和老太太这两个与他没有任何血亲关系的人，他却用他最真实的哭，表达了对你们的万分爱戴与敬仰。特别是老太太走了以后，东义说"柴儿"几近悲痛欲绝，他和东义、东远一样，以儿子的身份为老太太守了三天灵。三天里他像魔怔了一般，说哭就会突然放声哭起来，甚至在吃饭的时候，他也会突然扯开嗓子号啕大哭。他在付家茅坨已经活了半个多世纪，没有谁见他这样哭过。而他如此的哭，真的是悲伤至极之后，发自内心的一种最真实的情感表露，这是那些看似比他聪明的人演也演不出来的。我因此对"柴儿"，不，是付庆云先生，产生了发自内心的深深敬意。假如他还活着，我一定会去看望他，并认他为兄长，像老太太和东义、东远他们那样，用真诚的心给他世间应有的爱与温暖。

9

2013 年 8 月 24 日，也就是你去世 5 年后，在著名的旅游胜地沂蒙山区沂水县，王守琨和 300 多名来自全国各地的政界、商界、教育界人士，汇聚一堂，怀着崇敬而沉重的心情，举行隆重的座谈会，纪念他们的老师唐乐群。

这是一次由王守琨牵头，自发组织的纪念活动。

活动地点选在你工作了二十多年的沂水县，却没有给沂水县委、县政府增添任何麻烦。也没有找任何单位承担此次活动的任何费用。三百多人倡导"学恩师见行动，自掏腰包不吃公"，自费举办了这场持续了整整一天的座谈会。

三百多人不可能每个人都发言，但是三百多人没有一个人提前离场。不管谁发言，他们都听得极其认真，表情始终凝重，且不时有人泪流满面。

五年在人生的长河中是那样短暂，但是没有了唐乐群老师的五年却不只是短暂，还有星空的黯淡和思念的沉重。每个人在这五年中都感觉内心空落了许多许多，每个人在这五年中都少了许多许多从前那种提起老师时的快乐笑容。王守琨甚至有过多次梦魇，他梦到你在深邃的宇宙中独自行走，他想追上你，却总是跑不多远就慢慢地往下坠落，醒来后惊得满头都是冷汗，好半天都无法从梦境中回过神来。他知道，自己实在是太想老师了，没有老师的日子他就像找不着方向的飞鸟，总会飞着飞着就会跌落下来。这是多么痛苦的感受，因着这份感受，他多少次独自落泪，甚至失声痛哭。也因着这份感受，他才组织了这次纪念活动，让所有与他一样的人，表达对你的深深敬仰与怀念。

2018 年，又一个 5 年过去，你去世已经整整 10 年了。8 月 26 日，天空密布着阴云，初秋的炎热似乎变得无足轻重，倒是应在深秋出现的萧瑟好像已经提前到来。很多白杨树的叶子黄了，风吹之下，零零散散的飘落着，渲染出一种浓浓的悲伤情绪涌上你许多学生的心头，让他们仿佛又回到了你刚刚去世时的那段日子。

10 年，对于逝去的亲人，是一个需要隆重祭奠的周期。热爱自己亲人的人们，怀念逝去的亲人的人们，什么都可以忘记，唯独不会忘记 10 周年的这一次祭奠。因为 10 年的时光，很可能会把一个生者为逝者所产生的痛苦与思念磨平，假如有谁忘记了这样一个重要的纪念周期，就意味着他不是逝者至亲的人，抑或是情感极度冷漠的人。所以，对于逝者的 10 周年祭，也就成了逝者最亲的人的一次缅怀活动，齐鲁风俗里，非是最亲的人，这次的活动便不会参加了，甚至连想参加的心念也不可能有了。

但是你的 10 周年祭，除了你的儿女们，还有不是血亲胜似血亲的学生和挚友们，六十多人，从东北，从北京，从海南，从边疆，从远远近近的四面八方，怀着沉痛赶来了。

这次活动，仍然是王守琨组织的。原来想在你逝世的忌日那天举行，但是东远因为牵扯极为重要的事情，时间无法安排，才拖到了 8 月 26 日。

《潍坊晚报》为此活动登载了整版的通讯，标题是"各地'高龄学生'齐聚忆恩师——老家寿光的唐乐群逝世十周年，60余名七八十岁的学生赶来缅怀"。

　　六十多人中，年龄最大的已经八十三岁，最小的也已七十一岁，但是得到通知，没有人顾忌年事已高，没有人顾忌身体有病，也没有人顾忌路途遥远。有人提前两天就开始行动，坚持坐车十几个小时、几十个小时赶到你的墓前，献上他们没有被时光磨平的深深怀念，也献上他们并未因为岁月的洗涤而褪色的那份对恩师的崇敬与思念。

　　一片花白的头发，一片满带沧桑与悲伤的面孔。他们苍老而沉郁的哭声像波涛在大地上漫延与翻滚。天上的白云在无声地游动，空中的群鸟在悠悠地低飞，风和万物的呼吸都已悄悄屏息。

　　冥冥中，你在远天显现，还是那身粗布衣衫，还是那双黑色布鞋。你坐在一只高高的马扎上，怀中是那把你用了大半生的油光发亮的二胡。一首清雅向上、催人奋进、明快恢弘的《光明行》在弓弦的往复穿行中流淌而出。一群满带清纯与阳光的少年围拢而来，以清亮的嗓音融入你的乐曲吟唱：

　　　　轻轻地我问高山，我问白云

　　　　是谁穿过沉沉黑夜寻找黎明

　　　　是谁走遍了万水千山

　　　　不知疲倦把理想追寻

　　　　那是你，一把千锤百炼的斧头

　　　　那是你，一把披荆斩棘的镰刀

　　　　只有你，一面飘向未来的旗帜

只有你，一颗超越自己的心灵

轻轻地我问自己的心灵
谁能历经风雨沧桑永葆青春
是谁在这古老的土地上
赶走贫穷带来幸福繁荣
那是你，一把千锤百炼的斧头
那是你，一把披荆斩棘的镰刀
只有你，一面飘向未来的旗帜
只有你，一颗超越自己的心灵
万里光明行，大地来作证
万里光明行，太阳正当顶
万里光明行，大地来作证
万里光明行，太阳正当顶
太阳正当顶，太阳正当顶

我知道，这是我的幻化。现场的真实歌声，是从吉林坐了两天慢车赶来的你的五八级学生张学言为你献上的一首《感恩一切》。那是他哭着唱出的《感恩一切》，那也是在众人的哭声中唱出的《感恩一切》："……感恩亲爱的父母，给予了我生命。感恩亲爱的老师，教会了我成长。感恩帮助过我的人，使我感受善良……"

但是，行文至此时，我却沉浸在幻化的歌唱中不能自拔，感动到泪湿双眼，心潮难平。

为什么会有这般幻化，又为什么会有如此感动呢？

因为长久地对你认知与探究，你的清白人格与高尚境界让我不断地产生共鸣，继而对你产生了亲人般的深厚感情。更因为我幻化他人演唱的这首《光明行》，其内涵正是你的信念与理想。

差不多一年后的 2019 年 6 月 29 日，在你曾经工作过十几年的沂水县高桥镇初级中学内，落成了"唐乐群事迹展览馆"，并在展馆里举行了一场别开生面的"唐乐群事迹报告会"。

促成这个展馆和组织这个报告会的人，仍然是你的学生王守琨。而主讲人，也同样是已经头发花白的古稀老人王守琨。

公元前 479 年 4 月 11 日，伟大的思想家、教育家孔子不幸离世。他的学生子贡悲痛万分，在恩师墓旁结庐而居，别人守墓三年遂散，而他守墓六年才离去。为此，世人一直传颂子贡的尊师美德，司马迁还将其写入了《史记》。

将近 2500 年后的今天，王守琨重现了子贡的美德，但他做的不是为恩师守墓这种形式上的东西，而是传播恩师的精神。

十余年来，被中共山东省委组织部、中共山东省委老干部局等单位授予离退休干部先进个人的王守琨，已经自费二十余万元，在全省各地举办你的事迹报告会十几场。他不辞辛劳的目的只有一个，就是把你的精神传播出去，让更多的人知道你，了解你，效仿你，为我们的新时代注入更多正能量，为实现习近平总书记提出的伟大的中国梦，做出积极的贡献。

这是怎样的一种情感，这是一种清澈无私的情感。这种情感犹如你对他们的情感，犹如你对妻子儿女的情感，清澈见底，真诚无瑕，我谓之清情！

后记

　　民国三十七年十一月廿八日，也就是公元 1948 年 12 月 28 日，著名画家、散文家、漫画家、书法家和翻译家丰子恺先生，应厦门佛学会之邀，做了一场题为《我与弘一法师》的精彩演讲。

　　在这次演讲中，他说了这样一段被后世认为精妙绝伦的话：

　　"我以为人的生活，可以分作三层：一是物质生活，二是精神生活，三是灵魂生活。物质生活就是衣食。精神生活就是学术文艺。灵魂生活就是宗教。'人生'就是这样的一个三层楼。懒得或无力走楼梯的，就住在第一层，即把物质生活弄得很好，锦衣玉食，尊荣富贵，孝子慈孙，这样就满足了。这也是一种人生观。抱这样的人生观的人，在世间占大多数。其次，高兴或有力量走楼梯的，就爬上二层楼去玩玩，或者久居在里头。这就是专心学术文艺的人。他们把全部力量贡献于学问的研究，把全部身心寄托于文艺的创作和欣赏。这样的人，在世间也有很多，即所谓的'知识分子'，'学者'，'艺术家'。还有一种人，'人生欲'很强，脚力很大，对二层楼还不满足，就再走楼梯，爬上三层楼去。他们做人很认真，满足了'物质欲'还不够，满足了

214

'精神欲'也还不够，必须探求人生的究竟。他们以为财产、子孙都是身外之物，学术文艺都是暂时的美景，连自己的身体都是虚幻的存在。他们不肯做本能的奴隶，必须追究灵魂的来源，宇宙的根本。这就是宗教徒。"

丰子恺紧接着谈弘一法师，他说弘一法师是一层一层走上去的人。弘一法师的"人生欲"非常之强！他的做人，一定要做得彻底。他早年对母尽孝，对妻子尽爱，安住在第一层楼中。中年专心研究艺术，发挥多方面的天才，便是迁居在二层楼了。强大的"人生欲"不能使他满足于二层楼，于是爬上三层楼去，做和尚，修净土，研戒律，成了一代法师。

我个人觉得，丰子恺先生的这"三层楼"之说，是站在佛家宇宙观的角度上论述的，里面没有政治，也没有社会，只有宗教。但是"人生"是脱离不了政治、社会的，即便是宗教也不可能完全脱离这两点。所以我以自己的浅见，还是觉得丰先生的说法有些偏颇。假如把他的解释拿掉，只看"物质""精神""灵魂"这三层分类，倒是令人大有醍醐灌顶之感。就会觉得他的三层分类法，真的是精辟至极。

的确，无论任何社会形态下，也无论任何政治制度下，人生就是这"三层楼"：大多数人是物质的，处在第一层楼；少数人是精神的，处在第二层楼；极少数人是灵魂的，处在第三层楼。处在第一层楼的人肯定都是物质的，因为他们就是为物质而活着，也只有物质才能让他们活着。所以古人有"人为财死，鸟为食亡"之说，道出了物质者的本质，也是人性的本质。处在第二层楼的人，就比第一层楼的人多了些性质上的复杂，很多人躯体是在这一层的，但是并未达到真正的为精神而存在的层面。他们可能研究学术、从事艺术，但是学术和艺术却被他们当作赚取名利的工具，因此他们从本质上说仍然是物质的，只是自我标榜是精神的罢了。所以真正达到精神层面的人，是少数的。上升到第三层楼的人，其复杂性往往减弱了，因为真正为灵魂而存在的人，他的所作所为已经不再带有任何物质的特性，与现实中的人也已经完全不可等同，很另类，让人一眼就能认出来。但是处在第三层的人，往往也在第二层存在着，即他们是"精神"与"灵魂"的双重追求者。这类人未必是学者、艺术家，也未必是宗教徒，在低微的民众中，在普通的知识分子中，在大大小小的从政者中，也都有人在。而且这类人因为追求"精神"与"灵魂"的双重存在，其反作用于社会与人类的价值可能比宗教徒更大。比如古代的司马光、杨震、林则徐，现代的雷锋、焦裕禄、杨善洲、唐乐群。

唐乐群绝对是一个同时住在"二层楼"和"三层楼"的人。但他又不是丰子恺先生所说的，像弘一法师那种从一层开始过渡，一层之后是二层，二层之后是三层的人。他是从一层匆匆而过，直接到了二层和三层的人，是共产党教育培养下，超越了宗教之上的，彻底忘我的，专注于利国、利民的真正于社会与人类有着巨大价值的人。或者说是一个真正称得上伟大的人。

对这样一个真正伟大的人，在我真正理解了他，读懂了他之后，忽然明白一部《清曜四韵》纪录片并没有完全呈现出他的"精神"与"灵魂"，并没有完全表现出他的伟大之处。为此，我为写了这本书而感到欣慰。因为这本书的内容远远丰富于《清曜四韵》，这本书的思想远远深刻于《清曜四韵》，这本书的情感更是远远深厚于《清曜四韵》。

惟一感到遗憾的，是唐乐群先生离开人世太早了，我对他的认知也太晚了。假如他现在还活着，假如他在世的时候我就有今天这种对他的认知，那么这本书，包括《清曜四韵》纪录片，都会更有广度、深度和力度。然而遗憾是无法弥补的，人生在世的每一步都可能留下遗憾，这是没办法解决的事。好在有王守琨和徐兆利二位先生这样提早认知了唐先生的人，给了我虽晚却终究可以认知唐先生的机会，否则可能连遗憾中的《清曜四韵》也不会有，连这本并不完美的《乐群记》也不会有。从这个意义上说，我要感谢王守琨先生，感谢徐兆利先生，感谢接受我采访的所有人，也要感谢所有为了纪录片《清曜四韵》和本书的最终面世付出了积极努力和给予大力支持的人们！

最终更应该感谢的还是唐乐群先生，是唐先生的存在才有了《清曜四韵》和《乐群记》，是因为他的精神和灵魂荡涤了我，也荡涤了许多人。更是因为他及与他一样的许多追求"精神"与"灵魂"存在的人，比如雷锋、焦裕禄、孔繁森、杨善洲等等共产党人，才有了我们共产党的不断兴旺，我们国家的不断繁荣，我们民族的不断强大。

也许，我和许多许多的人一样，永远都做不到像唐先生那样进入人生的"第三层楼"，甚至连"第二层楼"也很难彻底地进入。但是，我们最起码知道这个世界的美好是由唐先生这样的人支撑起来的，并对他们深怀感恩。也用他们教育和影响我们的一代代子孙，让一代代子孙中多出一些这样的人。只有这样，我们的国家和民族才能万古长青，绵延不绝！

魏然森

2019 年 12 月 27 日夜于沂水家中

拍摄纪录片《清曜四韵》时，导演魏然森（右）与情景还原主演李经堂（左）在拍摄现场合影。